KONO
SUBARASHII
SEKAI NI
SYUKUFUKU
WO!
よりみち！
YORIMICHI!
この素晴らしい世界に祝福を！
JN019109

▽ダクネス
「くっ……！　ふ、蓋が固くて開けられない……」
守りたいクルセイダー

「ねえカズマ。私、今の弱ったダクネスを見てると、なんだか気持ちがほっこりするの」
「奇遇だな、俺も同じ事を考えていた」
アクア
「おやダクネス。皆にちやほやされてまた随分と良い身分ですね」

「ふははははは、残念でしたねっ!!
カズマ
世にも幸運な銀髪少女

「待ってえええええ！
なんで!?
あたし冒険者ギルドで
運がいいって言われたのに、
今日はなぜかこんなんばっか!!」
クリス
「この私の眼が紅いうちは、
そうやすやすと犯罪を
見過ごすわけにはいきませんよ！」
めぐみん

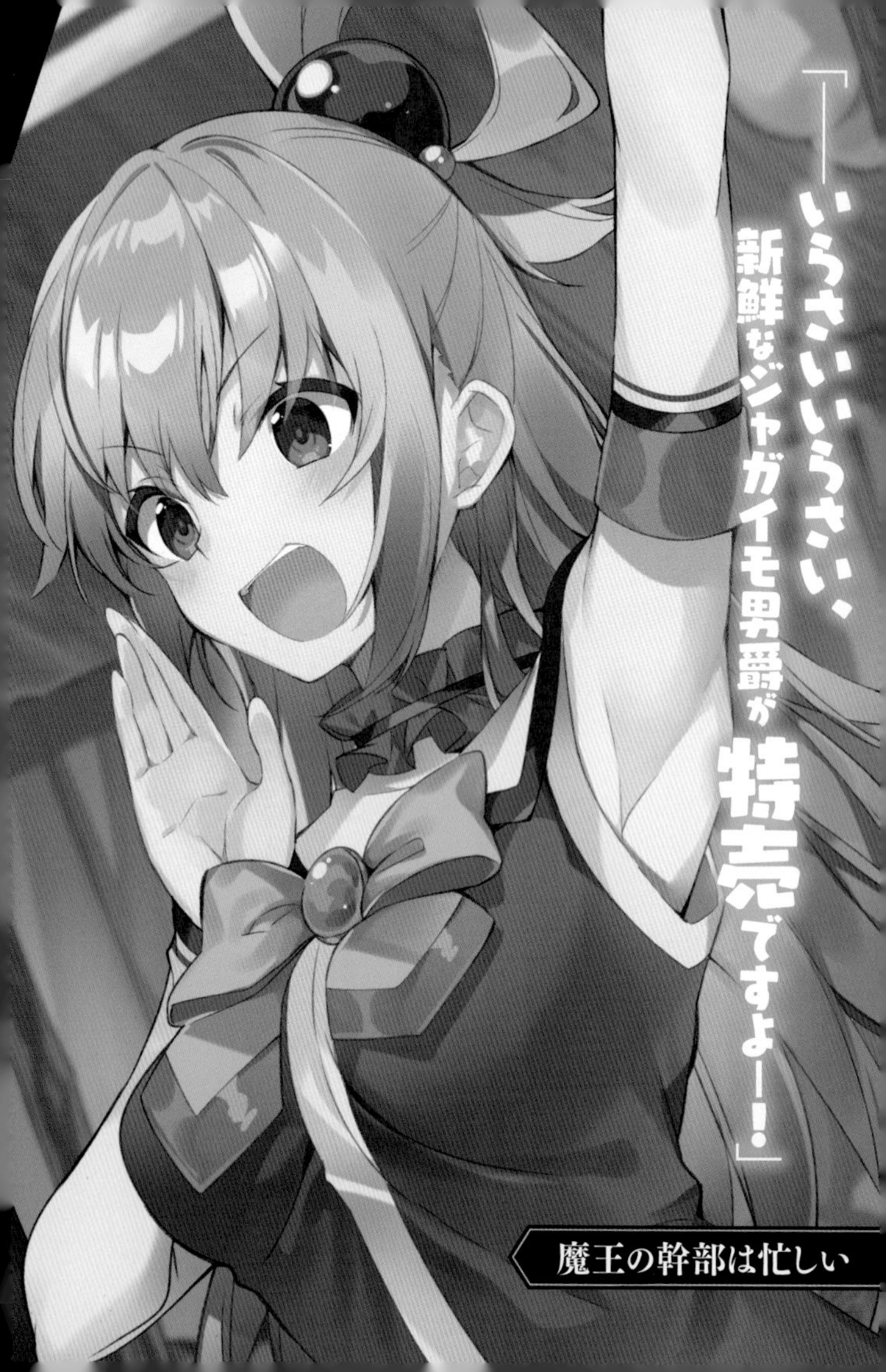
「――いらさいいらさい、
新鮮なジャガイモ男爵が
特売ですよー！」

魔王の幹部は忙しい

「ええい特売女め、我輩のバイトの邪魔をするな！」

「ちょっと、叩き売られそうなその呼び名はやめなさいよ！」

「今晩のおかずのオススメはこちら、
栄養満点の蓬莱ニンジン！

蓬莱ニンジンはいかが！」

バニル

この素晴らしい世界に祝福を! よりみち!

YORIMICHI!

CONTENTS

KONO SUBARASHII SEKAI NI SYUKUFUKU WO! YO RI MI CHI!

口絵・本文イラスト／三嶋くろね

口絵・本文デザイン／百足屋ユウコ＋モンマ蚕（ムシカゴグラフィクス）

この素晴らしい世界に祝福を！ よりみち！

暁 なつめ

角川スニーカー文庫

21975

Character

アクア
職業 アークプリースト
誰にも制御できない水の女神。特技は宴会芸。
カズマ
職業 冒険者
ニート気質の主人公。幸運値の高さが取り柄。
ダクネス
職業 クルセイダー
防御専門のドM女騎士。実は大貴族のお嬢様。
めぐみん
職業 アークウィザード
紅魔族随一の天才。爆裂魔法以外は興味なし。
ちょむすけ
クリス
銀髪盗賊団のお頭。ダクネスの親友。
バニル
年齢不詳の大悪魔。ウィズの店を手伝っている。
ウィズ
アクセルの街でマジックアイテム屋を営む店主。平和主義者だがリッチー。

アクセルのアークプリースト

1

ソファーの上で右手を下にして寝《ね》そべりながら、暖炉《だんろ》の炎《ほのお》をぼーっと眺《なが》め、いつの間にか半日以上を無駄《むだ》に過ごしていた俺は。

「なあ。お前さっきからどこ見てんの？　もうすぐ春だからって発情したのか？　人様の股間《こかん》をそんなに凝視《ぎょうし》するもんじゃないぞ」

同じく暖炉の前に陣取《じんど》り、先ほどから怪《あや》しい動きを繰《く》り返すアクアに声を掛《か》けた。

暖炉に向かって話し掛けたり、何かを追い払《はら》うかの様にしっしと手を振《ふ》ったりと、普段《ふだん》にも増して奇行《きこう》が目立つ。

「あんたバカな事言ってるとぶっ飛ばすわよ。この屋敷《やしき》には貴族の隠《かく》し子の幽霊《ゆうれい》少女が住んでるって言ったでしょ？　今日はよほど暇《ひま》なのか、いつも以上に挙動がおかしいの」

アクアはそう言いながら、複雑そうな表情で俺の股間をジッと見てくる。

「またその話ですか？　私達を怖《こわ》がらせようとしてもそうはいきませんよ？　……ちなみに、今はその子は何をしているのですか？　別に怖いとか気になるとかそういうわけではありませんが……」

絨毯《じゅうたん》に座り込み、水晶玉《すいしょうだま》を磨《みが》いていためぐみんが疑わしそうにそんな事を。

「物体を素通《すどお》りする事が出来る幽霊の特性を活《い》かして、カズマの股間からニュッて顔を出して変顔してるわ」

「おい、冗談《じょうだん》だとは思うけど止《や》めさせてくれよ。幽霊少女とやらがいるとは思ってないけど、その子はなんでそんなわけ分かんない事ばかりやってんだよ」

「そんな事私が聞きたいわよ。熱さや痛みも感じないくせに、燃え盛《さか》る暖炉の中で、苦悶《くもん》の表情で転げ回ってみせたり、テーブルの上で死んだフリしたり。さっきから私を驚《おどろ》かせようと色んな事してくるのよ」

本当にそんな愉快《ゆかい》な幽霊がいるのなら、一度話をしてみたいとこだ。

と、椅子《いす》に腰掛《こしか》けて難しそうな本を読み、ホットミルクを口にしていたダクネスが。

「そういえばアクアに冒険者《ぼうけん》ギルドから手紙が来てるぞ。何でも、とある貴族が仕事の依《い》頼《らい》をしたいそうだ。この街で唯一《ゆいいつ》のアークプリーストへの指名依頼らしい」

そう言って、一通の手紙をアクアに差し出した。

「へえ？　貴族からの依頼って聞くと何だか報酬《ほうしゅう》が良さそうだな。借金返済のためにも引き請《う》けてみればいいんじゃないか？」

「嫌《いや》」

アクアは差し出された手紙を指でピンと弾《はじ》くと、キッパリと拒絶《きょぜつ》する。

「……一応断る理由を聞いてもいいか？」

「そんなの寒いからに決まってるじゃない。冬に労働だなんてバカなんじゃないの？」

呆《あき》れた表情を向けてくるアクアに俺は、思わずソファーの上から飛び起きた。

「てめーふざけんなよ、冬の間にもらってきた内職の仕事もしないで何言ってんだ！　その依頼が嫌だってんなら、いつまでも遊んでないでとっとと革袋《かわぶくろ》作りの内職再開しろよ！」

「嫌よ、もう飽《あ》きたの！　どうして来る日も来る日も毎日毎日この私が革袋をちくちく縫《ぬ》わないといけないの!?　だったらあんただって内職しなさいよ！　一番年下のめぐみんだって、水晶塊《すいしょうかい》を磨いて水晶玉にする仕事もらってきたのよ!?」

コイツ！

「バカッ！　夜型の俺は、毎晩高時給で門の監視《かんし》の仕事をやってんだよ！　不器用でどんなバイトも一切《いっさい》出来ない、使えないダクネスと一緒《いっしょ》にするんじゃねえ！」

「あっ!?　ま、待てカズマ、その夜勤の仕事は私がコネを頼《たよ》りにもらってきたのではないか！　使えない発言はいただけないぞ！」

とばっちりを受けたダクネスが本を取り落として喚《わめ》く中、アクアが自信ありげにフッと笑った。

「じゃあ私の特性を活かせる仕事にしてよ！　私はアークプリースト！　上級職のアークプリーストなの！　最弱職な冒険者のあんたや使えないクルセイダーならともかく、私は高貴なアークプリーストなのよ!?」

「アクアまで!!」

戯《ざ》れ言を言うアクアを尻目《しりめ》に、俺は黙々《もくもく》と水晶玉を磨き続けるめぐみんを指す。

「お前もちょっとはあいつを見習えよ！　今この屋敷の中で、コツコツ働いてるのは俺とめぐみんの二人だけだぞ!?　普段短気なめぐみんがあんな地味な作業をずっと続けて」

「出来ました！　見てください、この見事な輝《かがや》きを！　ピッカピカに出来ましたよ！」

と、めぐみんは俺の言葉を遮《さえぎ》って、磨き上げた水晶玉を抱《だ》き締《し》め声を上げる。


――そして水晶玉を振りかぶった。


「ぬあああああああああーっ！」

完成したばかりのそれを、何の躊躇《ためら》いもなく暖炉の中に投げ込むめぐみん。

結構な金になるはずの水晶玉は、暖炉の中で当然のごとく砕《くだ》け散った。

「おまっ、いきなり何してんの!?」

突然《とつぜん》の奇行に引いていると、満足気な表情でめぐみんが息を吐《は》く。

「ふう、スッキリしました。冬場は外に出られないからストレスが溜《た》まりますが、これでしばらくは持ちそうです。……皆《みんな》、そんな顔してどうしました？」

「い、いや、お前なんで水晶玉叩《たた》き割ったんだ？　お前が請けたバイトって、水晶塊を紙やすりで磨いて、水晶玉にする仕事だろ？」

「ああ、このバイトはお金目当てで請けたのではありませんよ、ツルツルピカピカに磨き上げた水晶玉を叩き割ったらどんなにスッキリするだろうと思い、それで引き請けただけです。……冒険者ギルドに依頼失敗の報告と、水晶塊の弁償《べんしょう》金を払わないといけませんね。カズマ、お金貸してください」

「よし、そのぼろっちい杖寄越《つえよこ》せ、武器屋に売り払って弁償金の足しにしてやる」

それなりに気に入っているのか、杖を抱いて防御《ぼうぎょ》体勢に移るめぐみんにジリジリとにじり寄っていると、サボり仲間が増えたとばかりにアクアがホッと息を吐きながら。

「どうやら話は終わったみたいね。だいたいね、私が日頃《ひごろ》仕事もせずに家でゴロゴロしてるだけだと思ったら大間違《おおまちが》いよ？　天気が良《い》い日に街をブラブラしてるのは、何も遊んでるわけじゃないの。迷える霊達を見つけては話を聞き、自主的な成仏《じょうぶつ》へと導いてあげてるのよ!!」

ドヤ顔で宣言するアクアに向けて、それまで手紙を読んでいたダクネスが、手にした手紙を見せ付けた。

「そうか、良かったなアクア。今回の指名依頼は、その迷える霊の除霊のようだぞ」

「……ねえダクネス、さっき使えないクルセイダーって言った事は謝るから、せめて明日《あした》にしてくれない？」

2

翌朝、俺達は依頼をしてきた貴族の屋敷に行く事になった。

その貴族はそこまで大きな家柄《いえがら》でもなく、屋敷自体も街の郊外《こうがい》にあるらしい。

「ねえ、皆どうしてついてくるの？　そんなに私と離《はな》れたくないの？」

「お前一人で行かせると、絶対何かやらかすと思ったからだよ」

冬という事で人通りも少ない中、俺達は貴族の家へと向かっていた。

「相手はお貴族様ですからね。無礼なアクアを一人で行かせれば、高確率で首ちょんぱですよ」

「めぐみんってば私を何だと思ってるのかしら。これでも礼儀《れいぎ》作法は完璧《かんぺき》なのよ？」

「相手はトランザム家という、家格は低いが古い歴史を持つ立派な貴族だ。アクアはもちろんだが、カズマもめぐみんも大人しくしているのだぞ？　皆、くれぐれも無礼がない様にな」

と、ダクネスが自分一人は礼儀作法が出来ているとばかりに俺達に忠告してくる。

「……お前自分は大丈夫《だいじょうぶ》みたいな顔してるけど、そっちこそ無礼な事言うんじゃないぞ。お前って、『うむ』とか『ああ』とか、たまに偉《えら》そうな騎士口調《きしくちょう》になるからな。クルセイダーだから騎士ぶりたいのは分かるけど、今日は大人しくしてるんだぞ」

「なっ！　私は……！」

「しかし、普段は常識知らずなお前なのに、貴族には変に詳《くわ》しいのな」

何か言おうとしたダクネスが、続く俺の言葉に途端《とたん》に目を泳がせる。

「そ、それはその、父の仕事上貴族の名を知る機会があるというか、たまたまというか……」

こいつの父ちゃんは貴族の御用《ごよう》商人でもやってんのか？

挙動不審《ふしん》に陥《おちい》ったダクネスを何となく気にしていると、やがて俺達は目的の屋敷に到着《とうちゃく》した。

門の前には二人の守衛が立っている。

その内の一人が、俺達に声を掛けてきた。

「む……、お前達は何者だ？　この屋敷に何の用だ」

強面《こわもて》の守衛に若干《じゃっかん》怖《お》じ気づきながら、俺は言葉を選んで説明する。

「あ、はいっ！　ええと……冒険者ギルドからの紹介《しょうかい》で、除霊の依頼を請けてきたんですが……」

「「おおっ！」」

それを聞いて、喜色を浮《う》かべ声を上げる二人の守衛。

「し、しばし待たれよ！」

慌《あわ》てて屋敷の中に駆《か》けていく守衛達を、俺達は首を傾《かし》げながら見送った。


——やがて戻《もど》ってきた守衛に通されたのは、豪華絢爛《ごうかけんらん》な応接室。

借金返済のたしに、高そうな調度品の一つでもパクって帰りたいところだ。

と、応接室のソファーで待たされていた俺達の前に、俺達とあまり年の変わらない小太りの青年が、現れるなりこちらを値踏《ねぶ》みするかの様にジロジロ見てきた。

この青年が依頼人である、トランザム家の当主なのだろう。

「私が、トランザム・ルッソ・エイブラムだ。お前達が依頼を請けた……」

と、その青年は口上の途中《とちゅう》でなんとはなしにダクネスの方を見ると、途端にギョッと目を剝《む》いて。

「なんと……！　この度《たび》は当家にご足労頂き、もうしわけありません。いや、冒険者をやっているとは聞いておりましたが、まさか、わざわざダスティネ」

「あああああーっと、お初にお目に掛《か》かりますトランザム殿《どの》！　わたくし、一介《いっかい》の冒険者にしてクルセイダーをやっております、ダクネスと申しまあああっ!?」

いきなり依頼人の言葉を遮り、突然何の脈絡《みゃくらく》もなく大声で自己紹介を始めたダクネスを俺は慌てて引き倒《たお》した。

「いきなり何やってんだコラッ！　無礼を働くなよって言ってたのはお前だろうが！」

「そそ、それはその……！　これにはわけが……！」

首根っこを押さえつけながら囁《ささや》く俺に、ダクネスが泣きそうな顔で言い返す。

そんな俺達を見て、依頼人は怒《おこ》り出すでもなくしばらく呆気《あっけ》に取られ……。

「あ、ああ、これはお初にお目に掛かります、ダ……クネス……殿。ああキミ達、そんな気を遣《つか》わず楽にしてくれていいからね！　だからダクネス殿を放してさしあげて！」

まさかの庶民《しょみん》派貴族なのだろうか、俺達の行動に眉《まゆ》をひそめるでもなく、慌てながらそんな事を言ってきた。

「そうですか？　申しわけありません、こいつは悪いヤツじゃないんですが、たまに奇行《きこう》が目立つと言いますか……。こらっ、ダクネス！　ちゃんとトランザム様に頭を下げて謝罪しろ！」

「……しょ、庶民の私がトランザム様に突然の無礼を働き……」

「大丈夫です！　謝罪なんて結構ですし、敬語も必要ありませんから！　様付けも必要ありません、私の事は下の名前でエイブラムと呼んで頂いて結構！」

入ってきた時はこちらを見下す様に見てたと思ったが、話してみればなんの事はない、度量の広い好青年だった。

俺は貴族に対するイメージをちょっとだけ上方修正させると、あらためて自己紹介をする事にした。

「それでは、まずは自己紹介を。俺は冒険者《ぼうけん》の佐藤和真《さとうかずま》と申します、こっちが紅魔《こうま》族のアークウィザードめぐみんで、そして……」

めぐみんがぺこりと頭を下げる中、一連の流れをジッと見ていたアクアが言った。

「私こそがこの依頼《いらい》を引き請けた、アークプリーストのアクアさんよ、エイブラム」

「お前はなんでそんなに頭《ず》が高いんだよ、腕《うで》組んでないで頭を下げろ！　あと敬語は必要ないって言われたからって呼び捨てすんな！」

アクアの言葉に表情を引き攣《つ》らせながらも、

「あ、ああその、大丈夫だよ、呼び捨てでも……。なのでダクネス殿も、私の事はどうか呼び捨てで……」

エイブラムはそう言って、なぜかダクネスに愛想笑《あいそわら》いを浮かべていた。

3

「この屋敷《やしき》には、悪霊《あくりょう》か何かが取り憑《つ》いているとしか思えないのです」

依頼内容を聞く事になったのだが、エイブラムの話ではこういう事だった。

ここ最近、屋敷では様々な事が起こるらしい。

たとえば、住み込みメイドのクローゼットが片っ端《ぱし》から開けられ、中身が引っかき回されていたり。

たとえば、住み込みメイドが風呂《ふろ》で頭を洗っているとどこからともなく視線を感じたり。

「……単に、この屋敷に住んでる誰《だれ》かが痴漢《ちかん》を働いてるんじゃないですかね」

「ち、違う！　この屋敷に住み込みで働いている者は、私を除いて全《すべ》て女だ！　もちろん私はそんな事はしていない！　というかそれが理由で、メイド達があきらかに私を疑っているのだ！」

必死の形相で訴《うった》えてくるエイブラム。

そんなエイブラムにダクネスが、

「しかし、それだけでは悪霊の仕業《しわざ》とは言えないだろう。エイブラム殿はどうして霊《れい》の仕業だと思ったのだ？」

「そ、それは……。時々、声が聞こえるんです。他《ほか》の使用人達には聞こえない、私にだけしか聞こえない声が……」

「それは除霊ではなく医者に行く事をオススメしますが」

「こらっ、めぐみん！　もうしわけありませんエイブラム殿！」

「い、いえ……。そう思われるのも仕方ありませんから、頭を上げてくださいダクネス殿……」

そう言って、何かに耐《た》える様な引き攣った笑《え》みを浮かべるエイブラム。

しかし、声が聞こえるねえ。

と、皆が悩《なや》んでいたその時だった。

「見えたわ！　この屋敷には確かに霊が住み着いてるわね！」

それまで暇《ひま》そうにお茶菓子《ちゃがし》を囓《かじ》っていたアクアが突然《とつぜん》そんな事を言い出した。

「ほ、本当ですかアークプリースト殿！」

「アクアさんと呼びなさいな無礼者。本当よ、確かに霊が住んでいるわ。でも、彼は悪霊ではないわね」

「エイブラム殿、本当にもうしわけない！　アクア、言葉遣《ことばづか》いをどうにかしろ！」

アクアの言葉に口元をひくつかせながら、ダクネスに向けて大丈夫ですからと死んだ目で愛想笑いをするエイブラム。

「あなたのお父さんは、最近ところてんスライムを喉《のど》に詰《つ》まらせ亡《な》くなったみたいね。そしてあなたが当主の座を引き継《つ》いだのね？」

「な、なぜそれを⁉」

それまではアクアの事を胡散臭《うさんくさ》い霊媒師《れいばいし》でも見る様だったエイブラムが、驚愕《きょうがく》の声を上げて目を見開いた。

「まあ私くらいになればそのくらいはね。迷える霊の正体は、あなたのお父さんであるトランザム・ルッソ・ピクルス。趣味《しゅみ》はギターと庭の手入れ。好きな物は十一年物のピンクネロイド」

「そこまで分かるのですか！」

先ほどまでとは違《ちが》い、エイブラムはアクアに尊敬の目を向けている。

「……ところてんスライムで命を落とす事になった日の前日。あなたと飲んだ最後のピンクネロイドは、最高だったと言っているわ」

「ち、父上ええええええ！」

エイブラムは、叫《さけ》ぶと同時にブワッと涙《なみだ》を溢《あふ》れさせ、顔を覆《おお》って崩《くず》れ落ちた。

「アクアはどうしてあんなどうでも良《い》い事まで分かるのでしょうか。でも、依頼人の様子からすると合っているみたいなのですが……」

「なあ、凄《すご》く胡散臭いんだけどアイツに任せといて大丈夫だと思うか？」

「だ、大丈夫だと……思いたいのだが……」


——エイブラムがひとしきり泣いた後、俺達はあらためて依頼内容を話し合っていた。

「悪霊かと思っていたのがまさか父上だったとは……。当初の依頼内容はターンアンデッドによる悪霊退治の予定でしたが、その内容を変更《へんこう》したい。父が迷わず成仏《じょうぶつ》出来る様、どうか相談に乗って欲しいのです」

アクアいわく、当人が現世への迷いを断《た》てれば浄化魔法《じょうかまほう》なしでも成仏が可能との事。

つまりは、エイブラムの親父《おやじ》さんはまだ何らかの未練を残したままなのだ。

「まあ引《ひ》き請けてもいいけれど、魔法による浄化を望まないのなら、私に出来る事は通訳くらいのものよ？」

「それで構いませんとも！　父の願いはこの私が叶《かな》えてみせますから！」

どうやら話はまとまった様だ。

エイブラムのアクアへの態度も、霊視が出来ると知ってからはすっかり豹変《ひょうへん》し、今では敬うものへと変わっている。

これなら、後はアクア一人に任せても……。

「まずは最初の願いだけど……。カズマ、今すぐピンクネロイド買ってきて」

「はあ⁉」

コイツいきなり何言い出すんだ。

「ふざけんな、なんで俺が買いに行かなきゃならないんだよ。ていうか幽霊《ゆうれい》は酒なんか飲めないだろ」

「何言ってんの、幽霊だって気合い入れれば少しは飲み食い出来るものよ？　ポルターガイストって知らないの？　あれも気合いで食器とかを浮かしているの。思い出の品である十一年物のピンクネロイドがいいらしいわ」

エイブラムが俺を見て拝む様な仕草をしてくる。

これは買いに行けという事だろう。

「しょうがねえなあ。依頼の報酬《ほうしゅう》山分けにしろよ？」

俺は渋々《しぶしぶ》、買い出しに向かったのだった。

4

頼《たの》まれたピンクネロイドを買ってきた俺は思わず呟《つぶや》く。

「──何でこんな事になってんだ？」

俺の前では、応接室のソファーに置かれたくまのぬいぐるみをメイドさん達が取り囲んでちやほやしていた。

「あらカズマ、お帰りなさい。ピンクネロイドはそこのテーブルに置いといてね」

その隣《となり》では、通訳係のつもりなのか、アクアがテーブルの上に置かれた果物《くだもの》を口にしている。

呆然《ぼうぜん》としている俺に、めぐみんが近寄り説明してくれた。

「あのぬいぐるみの中にはトランザム家の先代当主、ピクルスさんが入っているそうです。それで、この状況《じょうきょう》はピクルスさんが願った事らしいのですが……」

俺があらためてぬいぐるみを見ると、微動《びどう》だにしないぬいぐるみが、メイド達に代わる代わる抱《だ》き締《し》められていた。

俺が帰ってきた事に気が付いたエイブラムが、

「おお、これはお早いお帰りで！　ささ、そのピンクネロイドをこちらに……」

そう言って、ぬいぐるみの隣に来るよう促《うなが》してくる。

「なあアクア、本当にこの中にピクルスって人が入ってんの？　お前、暇だからって俺達をからかってんじゃないだろうな？」

「何言ってんの、これは全部このおじさんが望んだ事よ？　生前はずっとメイドさん達にちょっかい出したくてしょうがなかったんだって。それが、真面目《まじめ》で厳格な当主像を保つのに精一杯《せいいっぱい》で、ずっと自分を抑《おさ》えていたんだって」

「もうターンアンデッド掛《か》けてやればいいんじゃないかな」

俺の言葉にエイブラムがもうしわけなさそうに頭を掻き。

「父も生前は無理をしていたのでしょう。せめて死んだ後くらいは好きにさせてあげたいんです。どうか、皆《みな》さんにもご協力をお願いしたい」

よほど父親の望みを叶えてやりたいのか、まっすぐこちらを見てくるエイブラムに俺は何も言えなくなる。

そうだよな。

俺だって死ぬ前にやり残した事がたくさんあったから、この世界にやって来たわけだし。

そう考えれば、メイドにちやほやされるぐらい、別に——

……と、ぬいぐるみに向かってふんふん頷《うなず》いていたアクアが。

「次はめぐみんに抱っこされたいそうよ」

「……まあ、見た目は可愛《かわい》らしいぬいぐるみですし、抱き締めるくらいは構いませんが」

このピクルスってやつ、漬物《つけもの》みたいな名前してるクセに調子に乗ってきたな。

俺が不審《ふしん》な視線を向けていると、アクアはめぐみんが抱いているぬいぐるみに耳を傾《かたむ》け、またもふんふんと頷くと。

「そこの平民顔の男が何かむかつくから、誰かそいつを殴《なぐ》れって」

「上等だよぬいぐるみ風情《ふぜい》が！　お前ウチの雑巾《ぞうきん》にしてやろうか！」

「ま、待ってくれ！　さすがに殴られろとは言わないが、父も生前の願いが叶えられて浮《う》かれているんだ、許してやってくれ！」

めぐみんからぬいぐるみを取り上げ雑巾絞《しぼ》りをする俺に、エイブラムがしがみつく。

「しかし、このぬいぐるみの願いはどこまで叶えてあげれば良いのでしょうか。もう既《すで》に、結構なワガママを聞いてあげたと思うのですが」

そんな姿を傍観《ぼうかん》していためぐみんの言葉に、俺はハタと気が付いた。

「そうだよ、コイツちっとも成仏する気配を見せないじゃないか。おいアクア、次に無理難題言ってきたらもうターンアンデッド掛けてやれ」

「待ってくれ、父はこれまで善政を敷《し》いてきた、民《たみ》に愛された当主だったんだ！　せめて最期《さいご》くらいは心安らかに逝《い》かせてやってくれないか！」

エイブラムの言葉を尻目《しりめ》に、アクアはぬいぐるみの声に耳を傾ける。

「『それでは遊ぶのはこれくらいにしておいて、そろそろ本題に入りたい。実はこの家の地下室に、私の恥《は》ずかしい妄想《もうそう》日記が隠《かく》してあるのだ。それを処分して欲しい』だそうよ」

「やっぱり遊んでやがったのか！　おい、もうターンアンデッド掛けるまでもない、コイツ暖炉《だんろ》にくべてやろうぜ！」

すがりつくエイブラムを引き摺《ず》りながら、アクアから取り上げたぬいぐるみを火にくべようとした、その時だった。

「まあ待てカズマ。その日記さえ処分すれば成仏するというのなら、もう少しだけ我慢《がまん》してやれ。貴族には、色々と人には言えない悩みがあるものなのだ」

俺からぬいぐるみを取り上げたダクネスが、それを庇《かば》う様に抱いて苦笑《くしょう》する。

隣でうんうんとエイブラムが頷く中、アクアが言った。

「『そういえば気になっていたのだが、キミは我が密《ひそ》かな想《おも》い人、ダスティネス家の奥方様に似ているな。もっとこう、愛《いと》おしむ様にギュッとしてくれ』だって」

「父上⁉」

それを聞いたダクネスが、何だか複雑そうな、実に味のある顔でこわごわと抱き締める。

「『もっとこう、頬《ほお》ずりしたり胸の中に埋《う》もれさせたりして欲しい。ずっと想い続けていたあの人をダスティネスのヤツに盗《と》られたんだ、父親の贖罪《しょくざい》として娘《むすめ》がそのくらいサービスしてくれたって……』」

「アクア、それ以上の通訳はしなくていい！　カズマの言う通り、このぬいぐるみは暖炉にくべよう！」

「ダクネス殿抑《どのおさ》えて！　というか父上、息子《むすこ》としてそのような過去は聞きたくなかったですよ!!」

5

驚《おどろ》きの表情と共にエイブラムが小さく呟く。

「こんなところに地下室が――」

今は使われていないというピクルスの寝室《しんしつ》で、俺達は地下室の入り口を見つけていた。

こんなものがアッサリ見つかったという事は、霊と会話が出来るという話もアクアの狂言《きょうげん》ではなく本当だというわけか。

地下室の隅《すみ》には、埃《ほこり》を被《かぶ》った一冊の本が置かれている。

これが恥ずかしい妄想日記というヤツなのだろう。

ぬいぐるみを抱いたアクアが、それを見ながら口を開く。

「『者どもご苦労だった。我が通訳を務めてくれたプリーストよ、特にあなたには礼を言う。そして、スレンダーで可愛らしいお嬢《じょう》さん、初恋《はつこい》の人に似た娘……。使いパシリにしか役に立たなかった少年よ』」

「おい、今からその日記読み上げてやろうぜ。その後印刷して街にばらまいてやる」

「『貴族ジョークというやつだ短気な平民め、褒美《ほうび》を取らすから止《や》めてください』って言ってるわ。……ねえおじさん、私にもちゃんとご褒美用意してよね？」

俺とアクアが言い合っていると、エイブラムが日記を手に膝《ひざ》をついた。

「……父上。これは、ちゃんと処分しますのでご安心ください。まさか、こんな形で再び会えるとは思いませんでした。どうか、女神《めがみ》エリスのもとに行っても安らかに……」

そう言って、手に取った日記を大切そうに胸に抱く。

そんなエイブラムの前に、アクアはくまのぬいぐるみをそっと置き。

「『我が息子よ、思えば小さい頃《ころ》からお前をあまり構ってやれなかったな。これは父からの遺言《ゆいごん》だ。お前は私の様に我慢などせず、思いのままにメイド達へイタズラするがいい……』」

厳《おごそ》かで、そして優《やさ》しい声で、ピクルスの最期の言葉を通訳する。

……一応ここは感動のお別れシーンなんだろうが、二人の会話の内容と絵面《えづら》的にちっとも悲愴《ひそう》感が湧《わ》いてこない。

くまのぬいぐるみを前に恥ずかしい妄想が書かれた日記を抱いて、涙《なみだ》する青年貴族。

そんな親子の姿を見た他《ほか》の連中も案の定、

「……ぐすっ」

「……とっとと別れを済ますがいい。せめて私も、神に仕えるクルセイダーとしてささやかながら祈《いの》ろう……」

そう言って、目に涙を浮かべながらあれっ⁉

何でめぐみんとダクネスまで涙ぐんでんだ⁉

俺か？

感動しない俺がおかしいのか⁉

「……ピクルスに残された時間はもう僅《わず》かのようね。さあ、お互《たが》い最期の別れを言いなさい。これでもう本当に二度と会う事は出来ないから、思い残す事はないようにね」

アクアが重々しく告げる中。

エイブラムは涙を溜《た》めひざまずいたままぬいぐるみの手を取った。

「あなたのメイドへの有りようを見て、やはり私はあなたの息子だとの確信が持てました。今なら、この日記の中にどんな恥ずかしい事が書いてあるのかが分かります。なんせ、私にも同じ事をした心当たりがありますから……。父上、来世でもどうかお元気で。後の事は任せてください……」

しんみりとした空気の中、アクアが柔《やわ》らかな笑《え》みを湛《たた》え、

「『さすがは我が息子だ、よもやここまで私に似るとは思わなかった。ダスティネス家の奥方様が忘れられず、妻を娶《めと》る気にもなれず。跡取《あとと》りが必要なので幼いお前を適当に養子としてもらってきたが、まさかそこまで慕《した》ってくれるとは……。今だから言うが、母さんは流行病《はやりやまい》で亡《な》くなったと言ったがアレは嘘《うそ》だ。元々そんなものは……』」

そこまで言って、言葉を止めた。

「……えっ」

最後の最後に爆弾《ばくだん》発言を残されたエイブラムは、ぬいぐるみの手を握《にぎ》ったまま動きを止める。

「……どうやら思い残す事なく成仏《じょうぶつ》したようね」

「『元々そんなものは……』の後は何ですか⁉　どうしてそこで成仏するんですか！　私は誰《だれ》の子なのですか⁉　父上ええええええええ‼」

――トランザム邸《てい》を後にした俺達は、凄《すご》く微妙《びみょう》な表情で帰路についていた。

「なあ……。あの人立ち直れるかな」

「た、多分大丈夫《だいじょうぶ》だとは思う。何せトランザム殿はああ見えて強いメンタルを持つ方だからな！　ああ、きっと大丈夫だ！」

焦《あせ》るように言うダクネスに、何となく違和感《いわかん》を覚え。

「お前そういや、あの人と知り合いなのか？」

「いいや⁉　もちろん知り合いなわけがない！　相手は貴族だ、私のような平民と接点などあるわけが」

「それもそうか。貴族とお前って全く結びつかないもんな。短気だし大ざっぱだし。今回貴族の家って事で、ちょっとだけ貴族のお嬢様《じょうさま》ってヤツを見れるかなって期待してたんだけどなあ……」

「えっ」

慌《あわ》てながら早口で言い募《つの》っていたダクネスが、俺の言葉に動きを止める。

「カズマは貴族のお嬢様が好きなのですか？　でも憧《あこが》れる気持ちは分かりますね、お嬢様というくらいですからきっとお淑《しと》やかで華奢《きゃしゃ》で……」

「ああ、それでいてティーカップより重い物なんて持った事がなくて、ゴブリンなんかに出会った日には気絶しちゃうくらいに気が弱いんだぜ」

「うう……」

俺とめぐみんの会話を聞いてダクネスがなぜか悶《もだ》え始めたが、コイツの奇行《きこう》はいつもの事なので放《ほう》っておく。

「でも今日は良《い》い仕事をしたわ。依頼《いらい》人には感謝されて、報酬《ほうしゅう》だって高額だったんですもの。なんと百万エリスよ、百万エリス！　これで当分は働かなくても済むわね！」

「お、お前、あれで良い仕事したって思ってるのか？」

多分エイブラムは最後の言葉が気になって、一生悩《なや》み続けると思うんだが。

「当たり前じゃない、本来なら最期のお別れも出来なかったのよ？　それを考えただけでも感謝されて当然だわ。見なさいな、高級なピンクネロイドの残りを丸々もらってきちゃったわよ。今夜はこれで宴会《えんかい》ね」

「お前、その酒って本当にピクルスから買って来いって言われてたんだろうな？　お前が飲みたくて嘘通訳したんじゃないだろうな？　……でも、俺にもちょっとだけ飲ませてくれよ」

ピンク色の液体が入った瓶《びん》を大事そうに抱《だ》き締《し》めながら。

「しょうがないわねえ。まあ、お酒は一人で飲むより皆《みんな》で飲んだ方が美味《おい》しいし、どうせおまけでもらったお酒だしね！　今夜は『アクア様が頑張《がんば》ってお仕事をした記念日』として宴会するわよ！」

アクアは満面の笑みを浮《う》かべていた。

6

時刻は深夜。

あの後屋敷《やしき》に帰った俺達は、普段《ふだん》よりもちょっとだけ贅沢《ぜいたく》し、高級品だというピンクネロイドを飲み眠《ねむ》りに就《つ》いた。

そんな中、俺はふとこんな時刻に目覚めてしまった。

飲み過ぎたのか酷《ひど》く喉《のど》が渇《かわ》く。

台所に水を飲みに行くため階下に下りようと下を覗《のぞ》くと、広間の暖炉《だんろ》に火が灯《とも》っているのに気が付いた――

「そんなわけでそのピクルスっておじさんは、私の活躍《かつやく》により無事成仏出来たのでした！　エイブラムって人がちょっとだけ涙ぐんでたけど、人生色々あるものだし、その辺はしょうがないわよね」

広間にいたのはアクアだった。

ピンクネロイドの瓶を片手に虚空《こくう》に向かって話し掛《か》けている。

普段から奇行が目立つヤツだが別に気が触《ふ》れたわけではない。

アクアの目の前には、昨日俺達に話していた屋敷に住む幽霊《ゆうれい》少女がいるのだろう。

アクアは瓶の中身をコップに注ぐと、それをテーブルの向かいに置いた。

すると、それがじわじわと目減りしていく。

アイツが言っていた、幽霊も酒を飲むって話は本当だったのか？

酒屋からの配達依頼を請《う》けて、俺がおまけとしてもらってきた酒が無くなった際に、確かアクアは言っていた。

『アレは私が飲んだんじゃなくて、屋敷に住む幽霊の仕業《しわざ》なの！』と。

悪い事したな、明日《あした》アイツに謝っとかないと。

これ以上聞くのも無粋《ぶすい》だし堂々と出て行って、水をもらってとっとと寝《ね》よう。

「こんなに高いピンクネロイドを分けてあげるんだから、カズマさんのお酒を飲んだのはあなただって押し付けた事は、もう許してよね？」

……………。

もうちょっと聞いていれば更《さら》にボロを出すかもしれない。

俺は階段の陰《かげ》に隠《かく》れたまま、潜伏《せんぷく》スキルで姿を消した。

「なーに？　許してあげる代わりにまた異世界のお話をしろって？　まったく、あなたもその話が好きねえ」

アクアがやれやれといった感じでコップを片手に首を振《ふ》る。

「そうね。今日は私がこの世界に来るまで、どんな暮らしをしていたかを話してあげましょうか。トラクターに耕されそうになったカズマさんが、面白《おもしろ》おかしい死に方をして私のもとに現れるより以前の事よ？」

そう言って、アクアは幽霊少女に過去の話をし始めた。

合間合間にちょこちょこ俺の悪口が聞こえてくるので、その度《たび》に飛び出してシメてやりたくなる。

「——とまあ、そんなわけで私は、天界においてとても偉《えら》くて尊い存在だったの。たくさんの天使達に傅《かしず》かれて、毎日ちやほやされていたわ。食べたい物や飲みたい物も出し放題、それこそ、何の不自由もない生活だったわね」

本当にアレが傅かれたりちやほやされていたのかと疑わしく思うが。

「そんな時よ。あの男が現れたのは！　この私を無理やりこの世界に引きずり込んだクセに、扱《あつか》いが雑でちっとも敬おうともしないあの男！　まったく、この私を何だと思っているのかしら」

俺もお前を連れてきた事を後悔《こうかい》してると言ってやりたい。

「でも今にして思えば、アレでカズマさんてば小心者なとこがあるし、一人で異世界に来るのは寂《さび》しかったのねきっと。まったく、カズマはまったく。しっかりしてる様に見えて、たまに抜《ぬ》けてるとこがあるからね。その分、私がしっかりと面倒《めんどう》見てあげないと」

本当に、今すぐ飛び出してアイツを引っぱたいてやりたい。

どの口が言うんだとほっぺた引っ張ってやりたい。

「うん？　早く天界に帰りたいかって？　うーん、そうねえ……」

幽霊少女が何を言ったのか、アクアは腕《うで》を組んで悩み込む。

帰れ帰れ、とっとと帰れ。

「まあ、こっちの世界も色々苦労はあるけどね。めぐみんは変な子だけど一緒《いっしょ》にいると飽《あ》きないし。ダクネスも変な子だけど、やっぱり一緒にいると飽きないし。それに……」

お前が一番変なヤツだと言ってやりたい。

俺がツッコみたくて悶々《もんもん》としていると、アクアはふと幽霊少女に笑い掛け。

「カズマったら本当に弱っちくて目を離《はな》したらすぐ死ぬからね。私がいなくなったらどうなる事かと心配になるわ。だから私が天界に帰るとしても、きっと世界が安全になってからでしょうね。まあそもそも、魔王《まおう》をやっつけないと帰れないんだけどね」

そう言って妙《みょう》にお姉さんぶるアクアが何だか無性《むしょう》におかしくなり、俺はその場を後にする事にした。

あんまり魔力を使いたくないけれど、今日のところは部屋に帰り、クリエイトウォーターで水を出そう。

今までは魔王なんて倒《たお》すつもりもなかったけれど。

「まあ、何だかんだ言って、今の暮らしは嫌《きら》いじゃないわね。この街の人達や冒険《ぼうけん》者ギルドにも、知り合いがたくさん出来たし。何より、毎日飽きる事だけはないからその辺だけは満足してるわよ？」

まあ、俺が凄く強くなり、可能性が見えてきたら考えてやらなくもないか。

俺は自室に戻《もど》ろうと背を向けて、肩越《かたご》しにアクアの声を聞いていた。

「ふふ、こんな話でいいのならまたいつでもしてあげるわ。……なーに？　話のお礼にカズマさんの秘密を教えてくれるの？　ほう、聞こうじゃないの」

…………。

「カズマったら部屋に一人でいる時は、そんな事やってたのね。まあ異世界に来たらオリジナル魔法の練習くらいはしてみるわよね。面白そうだから今度からかうネタにしましょう。……中庭で、一人で剣《けん》の練習してた時、いつもそんな事言ってたの？　『成敗！』と『ふ、つまらぬ物を切ってしまった……』ね。ちゃんとメモったわ。カズマったら、めぐみんにはあれこれ言うクセに決めゼリフなんて考えてたのね」

俺はその場で歩みを止めると、頬《ほお》を伝う汗《あせ》をそっと拭《ぬぐ》う。

これ以上は聞きたくない。

でも、どこまで知られているのか確認《かくにん》しないと……。

「もっとカズマの奇行を教えてちょうだい、次に怒《おこ》られそうになった時、それを持ち出して懐柔《かいじゅう》するの。……クローゼットの中じゃなく、クローゼットの上？　そこに何が隠してあるの？」

俺は身を翻《ひるがえ》すと、それ以上は言わせまいと階段を駆《か》け下りた。

アクセルの爆裂探偵

1

――その日。

屋敷の広間で暖炉前の特等席を俺とアクアが取り合っていると、玄関《げんかん》のドアが激しく叩《たた》かれた。

通常の来客とは思えないその様子に、ボードゲームで遊んでいたダクネスとめぐみんが顔を見合わす。

「頼《たの》もう！　サトウカズマとその一行が住んでいるのはここで間違《まちが》いないな!?　お前達に聞きたい事がある！　ここを開けろ！」

切羽《せっぱ》詰まった声が外から聞こえる。

俺達はそれを聞くと――

「いいからそこ退《ど》けよ、薪《たきぎ》の火が弾《はじ》けるパチパチ音を聞きたいんだよ！」

「私だって暖炉に薪をくべたいの！　冬場に暖かな暖炉の火を眺《なが》めてるだけでわくわくするのよ！　カズマは私の後ろで見てなさいな！」

「めぐみん、今日こそは勝たせてもらうぞ。アークウィザードの駒《こま》に対し、クルセイダーが前進！　次のターンでは貧弱なアークウィザードが死ぬだろう！」

「テレポート」

何も聞かなかった事にした俺達は、そのまま——

「おい、中にいるのは分かっているぞ！　聞こえているんだろう！　開けろ！　おい、開け……。外は雪が降っているんだぞ、寒い、いい加減開けてくれ！」


——俺達を訪ねてきたのはこの街の警官だった。

玄関先《げんかんさき》で雪を払《はら》った警官は、ひとしきり暖炉の前で温まると一枚の紙を取り出しそれをめぐみんに突《つ》き付ける。

「アークウィザード、めぐみん！　現在貴女《あなた》にはアクセル連続爆発《ばくはつ》事件の容疑が掛けられている。さあ、署までご同行願おうか！」

その令状を素早《すばや》く奪《うば》い取ったためぐみんは、何の躊躇《ちゅうちょ》もなく暖炉《だんろ》に投げた。

「ああっ、大事な令状に何をするか！」

「何をするかじゃありませんよ、何ですかアクセル連続爆発事件って！　どんな事件なのかは知りませんが、この私が罪なんて犯《おか》すわけないじゃないですか！」

俺がこの警官の立場でも真っ先にここに来ると思うが、めぐみんは心当たりが無いのかいつになく激昂《げきこう》していた。

「まあ待ってくれ。その、連続爆発事件とはどの様な事件なのだ？　まずは詳細《しょうさい》を教えてくれないか？」

ダクネスの言葉に、暖炉から令状を救出しようとして断念した警官は。

「実はこのところ、アクセルの街近くで毎日爆発が起こるんです。森の中や山の中などで不定期に……。そのせいで、爆発に驚《おどろ》いた森のモンスターが平原にまで出て来たり、雪山では頻繁《ひんぱん》に雪崩《なだれ》が起きたりしてまして……。なので、現在森や山への立ち入りが制限されている状態です」

「お前ちょっと目を離した隙《すき》にそんな事してやがったのか。差し入れ持ってってやるから大人しくお勤めしてくるんだぞ」

俺がめぐみんの肩に手を置くと、その手が勢いよく振《ふ》り払われる。

「待ってください、それは私じゃないですよ！　雪山での爆裂魔法《ばくれつまほう》は雪崩に巻き込まれてからというもの一切《いっさい》やってませんから！　最近はダクネスと一緒に一日一爆裂に行ってますから、アリバイだってありますよ！　ですよね、ダクネス！」

「えっ!?　あ、ああ……」

「ダクネス、どうしてそんなに自信無さそうに俯《うつむ》くんですか!? 私が誤解されるじゃないですか、ひょっとしてダクネスまで私が疑わしいと思っているんですか!? 自信持って否定してくださいよ！」

食って掛《か》かるめぐみんに、ダクネスが目を泳がせる中。

「まあ少し落ち着けよ、もうちょっと詳《くわ》しく聞こうぜ。アクセルの街近くで毎日爆発が起こるって言ったけど、それってどのくらいの頻度《ひんど》なんだ？ コイツは一日に一回しか爆裂魔法が使えないんだけど、その爆発っていうのは……」

「爆発は一日一回だけです」

警官が俺の問いに即答《そくとう》する。

「ちなみに、爆発が起こった時間帯は……」

「毎日決まって、めぐみん殿《どの》が街を出てしばらくしてからです」

「すいません、こいつも悪気があってやったんじゃないと思うんです、ただ、人よりほんのちょっと我慢《がまん》が出来ないだけなんです」

「待ってくださいカズマ、どうして私がやったと決めつけてるんですか！」

めぐみんが俺の肩を摑《つか》み揺《ゆ》すってくるが、もうコイツがやったとしか思えない。

「大丈夫《だいじょうぶ》よめぐみん。めぐみんが留守の間には、漆黒《しっこく》の邪悪《じゃあく》な毛玉にちゃんとご飯をあげとくから」

「その、めぐみん……。この季節の牢《ろう》は寒いから、厚手の着替《きが》えを持っていくんだぞ。毎日温かい食べ物を差し入れしてやるからな」

「二人まで！　もういいです、取り調べでも何でも受けようではないですか！　警察署には嘘《うそ》を感知する魔道具があるはずです！　私が本当の事を言っているかどうか確かめてください！」

杖《つえ》を振り回して激昂するめぐみんは、そう言って警官の後に付いていった。

2

「――大変申しわけありませんでした！　我々《われわれ》とした事が、無実の人間を疑ってしまい……！」

「まったくです、まったくですよ！　そもそも爆発事件と聞いてどうしてこの私を真っ先に連想したのかが分かりませんよ！　納得《なっとく》のいく説明をしてもらおうじゃないか！」

取り調べを終えためぐみんが、警察署のえらい人を連れて帰ってきた。

嘘を感知する魔道具にはなんの反応も無かったらしい。

「疑いは晴れたんだからもうその辺にしといてやれよ。まあ、俺は最初からこうなるって信じてたけどな」

「私ももちろん信じていたわ、めぐみんはそんな事する子じゃないって。別にやましい事なんて何も無いけど、めぐみんになら暖炉の前の特等席を譲《ゆず》ってあげてもいいわよ」

「よし、この寒い中署まで行ったためぐみんは冷えただろう！　今日は私が高級食材でも買ってくるから、美味《おい》しい物でも食べて温まろうか！」

「おい、熱い手の平返しをしているそこの三人も、普段《ふだん》私の事をどう思っているのか聞こうじゃないか！」

未《いま》だカッカしているめぐみんに申しわけなさそうに謝っていたおえらいさんが、あらためて姿勢を正すと頭を下げた。

「この度《たび》は、あらためまして深くお詫《わ》びを。あなたがサトウカズマさんですね？　お噂《うわさ》はかねがね伺《うかが》っております。何でも、魔王軍幹部ベルディア討伐《とうばつ》や、機動要塞《ようさい》デストロイヤー破壊《はかい》に貢献《こうけん》したとか……」

そう言って、俺に向かってにこりと微笑《ほほえ》むおえらいさん。

二十歳《はたち》ぐらいのその人は、長く伸《の》ばした栗色《くりいろ》の髪《かみ》を持つかなり美人な人だった。

「いやいや、まあ大した事はしてないつもりなんですが。でもまあなんと言いますか、冒《ぼう》険《けん》者としての誇《ほこ》りが逃《に》げる事を許さなかったって言いますかね……」

自慢《じまん》げに言う俺に、署長さんは表情を輝《かがや》かせ。

「素晴《すば》らしいですねサトウさん！　聞けばこのお屋敷《やしき》もサトウさんの物だとか……！　きっと、ベルディア討伐やデストロイヤー破壊の賞金も莫大《ばくだい》なものだったんでしょうね！　あっ、申し遅《おく》れました！　わたくし脱《ぬ》いだらエロいと評判の、警察副署長のロリエリーナと申します。今後とも、どうぞよろしく！」

なんだかやたらグイグイくるロリエリーナ。

まあ言ってみれば、俺はこの街の英雄《えいゆう》みたいなものだからこうなるのも当たり前といえば当たり前だ。

「よ、よろしく。まあ賞金は多かったものの、色々あってなぜか借金背負っちゃったんですがね。いやあ、それにしてもあの時の俺の活躍《かつやく》ときたら」

「それでは今日のところは私はこれで。ではめぐみんさん、失礼しました」

借金という単語を耳にした途端《とたん》、急に事務的な態度になったロリエリーナ。

……こうなるのも当たり前といえば当たり前か。

「ロリエリーナ殿。ウチのめぐみんが犯人ではないとなると、他《ほか》に目星は付いているのか？」

「いえ、それが……。まさか街の外で意味も無く爆発騒《さわ》ぎを起こす人が、めぐみんさんの他にいるとは想像も付きませんでしたので……」

「おい、だからどうしてそこで私が出てくるのかを聞こうじゃないか」

目を紅《あか》く輝かせて憤《いきどお》るめぐみんに日頃《ひごろ》の行いって言葉を教えてやりたい。

「まあ何にしても、これで俺達には関係ない事が証明出来て良かったじゃないか。何でもかんでも俺達のせいだって思われるのも困るからな」

と、俺が何となく言ったその言葉に。

「そうね。めぐみん以外の爆発に関する専門家が暴れてるだけだものね。でもめぐみんが疑われるほどなんだから、その犯人の人はよほどの爆発系魔法の使い手なのかしら。案外めぐみん以上の爆裂魔法の使い手だったりしてね」

暖炉の前で膝《ひざ》を抱《かか》えた相変わらず空気を読まないヤツが、そんな余計な事を口にした。

3

翌日。

「まずは事件に関する調査をしましょう。紅魔族の高い知力を活《い》かし、犯人を推理するのです」

朝早くから叩《たた》き起こされた俺は、眠《ねむ》い目をこすりながらめぐみんに付き合わされていた。

俺達は今、冒険者ギルドに向かっている。

アクアの余計な一言で犯人に対して異様な対抗心《たいこう》を燃やしためぐみんが、そいつを捕《つか》まえると言い出したのだ。

こいつだけなら勝手にしてくれと放《ほう》っておいたのだが、あの場にこの人がいたのがまずかった。

「頼《たよ》りにしてますよめぐみんさん！　副署長特権で多少の無茶《むちゃ》な捜査《そうさ》は可能ですので！」

俺とめぐみんの後ろから、ロリエリーナが付いてきていた。

「……俺達は好きでやってるだけですから、帰ってもらっていいんですよ？」

「いいえ、たとえ冒険者とはいえ、危険な爆発魔を相手に一般人《いっぱん》だけで捜査をさせるだなんてとんでもない。それに、副署長にまで上り詰《つ》めた者の勘《かん》というヤツです。お二人に付いていけば必ず事件が解決すると。いえ、未だにめぐみんさんを疑っていて監視《かんし》に付いてきたわけじゃないですよ？　ここで協力しておけば、お二人の仲間のダスティネス卿《きょう》に貸しとコネが作れると思っただけですから！」

本音をまったく隠《かく》そうともせず、いっそ清々《すがすが》しいまでに最低な発言をするロリエリーナ。

というか内心では絶対未だに疑ってるだろ。

警察副署長なんてもんと二人きりにさせておいた日には、めぐみんが何かやらかし、その日の内に別件で捕まりそうだ。

というわけで、俺もこうして協力するハメになったのだが……。

「まあしょうがないか。それじゃ、まずは聞き込みからだな」

言っている間にギルドに着いた俺達は、早速《さっそく》聞き込みを開始する事にした。

ちなみにダクネスは、独自のコネを使って事件を調べてみると言って、俺達と同じく朝早くから出て行った。

余計な事を言ったもう一人は、暖炉の前から離《はな》れようとしないのとあまり役に立たなそうな事から置いてきた。

俺とめぐみんは、まだ朝も早い事からガラ空きな受付カウンターに近付くと。

「ちょっとお聞きしたい事があるんですけどいいですかね？　最近噂になっている爆《ばく》発《はつ》事件の事で、いくつか確認《かくにん》したい事がありまして」

「あら、サトウカズマさんおはようございます。爆発事件……ですか？　あっ!?　あなたはロリエリーナさん!?　それにめぐみんさんまで……！　……爆発事件……めぐみんさん……警察……。なるほど、確認したい事というのは分かりました。私もめぐみんさんが犯人だと思います」

「おい、何を勘違《かんちが》いしているのか分からないが私と話をしようじゃないか！」

めぐみんが受付嬢《じょう》に食って掛かるが、ロリエリーナがその勘違いを正すため割って入る。

「いえ、気持ちは分かるのですが違うんですよ。既《すで》に取り調べを終えたんですけど、なぜか嘘を感知する魔道具《まどうぐ》は反応しなかったんです」

「本当ですか⁉　魔道具が故障していた可能性は……」

「いえ、それは無いですね。あの魔道具はウチの署で最新式の物ですし、前日までは問題無く使えていました。というわけで、当初は簡単に解決すると思われていたこの事件は、一気に迷宮入《めいきゅうい》りしてしまったわけですよ……」

「おい、この私に喧嘩《けんか》を売っているのなら買おうじゃないか」

神妙《しんみょう》な顔で首を傾《かし》げる二人に対し目を紅く輝かせ始めためぐみんをなだめつつ、俺は目的を果たす事にした。

「ここに来たのは、この街にいる爆発系魔法の使い手を確認したかったんですよ。冒険者の中にそんなヤツはいますかね？」

爆発系魔法は主に三つに分けられており、炸裂魔法《さくれつまほう》、爆発魔法、爆裂魔法がある。

炸裂魔法は岩盤《がんばん》を砕《くだ》くほどの高威力《こういりょく》を誇りながら消費魔力に優《すぐ》れる優秀《ゆうしゅう》な魔法で、爆発魔法は日に数度撃《う》てれば良《い》いと言われるほどの高い消費魔力の代わりに、大概《たいがい》のモンスターを一掃《いっそう》出来る凄《すさ》まじい破壊力がある。

「炸裂魔法を使える様な優秀な方は、すぐにレベルを上げて他の街に行ってしまうんですよね。そして爆発魔法を使える人なんて、この国において一握《ひとにぎ》りしかおりません。祭りの季節になれば花火大会要員として多少は集まって来てくれるのですが、この時季には誰《だれ》もいませんね。それこそ、魔道具店の店主さんかめぐみんさんぐらいしか、この系統の魔法を使える人はいないんじゃないでしょうか……」

「……一応聞きますが、本当にめぐみんさんじゃないんですよね？」

「まだ言うのですか、違うと言ってるじゃないですか！」

ロリエリーナに憤るめぐみんを見ながら、俺は考えをまとめていた。

この街でめぐみん以外に爆裂魔法を使えるのはウィズだけだが、彼女を疑うってのは無いだろう。

それこそ動機が見つからない。

……動機？

「そうか、動機だ！　もしかしたらこれはめぐみんに恨《うら》みを抱《いだ》いた何者かが、冤罪《えんざい》を擦《なす》り付けてめぐみんを犯罪者に仕立て上げる作戦かもしれない。おいめぐみん、お前誰かに恨まれる覚えはないか？」

「ありませんよそんなもの。私達のパーティーの中で一番品行方正な自信がありますから」

その自信はどっから湧《わ》いた。

と、受付のお姉さんがもうしわけなさそうに。

「あの……。めぐみんさんに関しては、あちこちから苦情が出ておりまして……。ゴブリン狩《が》りをしていたら遠くから魔法を撃ち込まれ、獲物《えもの》を横取りされた挙げ句に危《あや》うく巻き込まれるところだったとか、川の形が変わるので爆裂魔法を使っての魚取りは止《や》めて欲しいとか、その他にも多数の苦情が……」

それを聞いためぐみんが耳を塞《ふさ》いでそっぽを向くが、受付のお姉さんはなおも続ける。

「あと、仮にも身体能力の高い冒険者なんですから、名前を笑われたぐらいで一般人に殴《なぐ》り掛《か》かるのは止めてくださいね？」

「すいません、コイツ逮捕《たいほ》してやってもらえませんか」

「そうですね、逮捕しておきましょうか。というかもう、めぐみんさんが犯人って事でいいんじゃないですかね」

「待ってください、多少は反省してますから！　そ、それよりも、私を恨む人は意外にもたくさんいるという事ですね！　なら、その人達から犯人が割り出せそうです！」

めぐみんは言うと同時に、突然《とつぜん》近くにいた冒険者の一人に襲《おそ》い掛かった。

「うおおっ⁉　な、なんだよめぐみんじゃねーか、やめろっ！　いきなり何しやがんだ！」

「昨日私と喧嘩したあなたには、連続爆発魔の容疑が掛かっています！　さあ署まで来てもらいま痛いっ！」

めぐみんの後頭部をはたいて引き剝《は》がしながら、俺はその冒険者に頭を下げた。

「このアホがいきなり悪かったな。ていうか、ちょっと話を聞かせてもらえないか？　こいつと喧嘩したって聞いたんだけど、どんな経緯《けいい》で喧嘩になったのかを聞いてもいいか？」

突然首を絞《し》められ泡《あわ》を食っていた冒険者は咳《せ》き込みながら首をさすり。

「いや、昨日掲示板《けいじばん》のクエストを見ながら歩いていたらめぐみんとぶつかったんだよ。それで、『悪い、高い位置の掲示板を見てたから気付かなかった』って謝ったら『それは私がチビだという事ですか⁉』と、突然襲い掛かられて……」

「喧嘩じゃなくていちゃもん付けただけじゃねーか！」

「あいたっ！　ち、違うのです、冒険者たるもの舐《な》められては終わりですから……！」

コイツはほんとに逮捕しといてもらった方がいいんじゃないか。

「ていうか爆発事件は昨日から始まった事じゃなく、以前から起こってたんだろ？　だったらこの人は違うだろうが」

「それもそうですね……。では、先週胸の大きさについて議論した挙げ句に喧嘩した、マリーベルさんを連行してきます」

「だから誰でもホイホイ連行しようとすんなよ！　てかお前喧嘩しまくりじゃねーか！　無法者にもほどがあるだろ！」

俺とめぐみんのやり取りに軽く引いていたロリエリーナだったが、警察副署長としての仕事を思い出したのか、メモを片手にめぐみんへと向き直る。

「めぐみんさん、思い付く限りの心当たりのある方を教えてはいただけませんか？　数が多いようでしたら署員を使って調査しますので」

真面目《まじめ》な顔のロリエリーナに、めぐみんはつらつらと名前を並べていった。

「まずは先ほど挙げたマリーベルさん。あとはお金が無い時に値切りに値切って無理やり買い上げ泣かせたのが、武器屋のおじさん、魔道具屋のおじさん、果物《くだもの》屋のおじさん……あとは……。他の冒険《ぼうけん》者に至っては心当たりが多すぎてちょっと咄嗟《とっさ》に出てこないですね」

「……コイツ本当に捕まえておいてもらえませんかね？」

「ウチは問題児の預かり所ではないのですが、仕方ありませんね。ではめぐみんさん、詳《くわ》しい事は署の方で……」

「待ってください！　ちょっと待っ……ああっ！」

ロリエリーナに連行されそうになっためぐみんは、突然大声を上げ駆《か》け出した。

「犯人に心当たりがあります！　二人とも付いてきてください！」

4

アクセルの街の図書館にその子はいた。

テーブル席がたくさんある中、一番端《はじ》のテーブルで大人しく本を読んでいる。

「こんなところにいましたか！　真犯人ゆんゆん、見つけましたよ！」

「えっ⁉　め、めぐみん⁉　いきなり何⁉」

そこにいたのはめぐみんの自称《じしょう》ライバル、紅魔族のゆんゆんだった。

めぐみんは図書館の静かな空気をぶち壊《こわ》し、マントを跳《は》ね上げ名乗りを上げる。

「我が名はめぐみん！　アクセル随一《ずいいち》の頭脳の持ち主にして真実を暴《あば》く者！　我がライバルゆんゆん！　この私の目が紅《あか》い内はあなたの策など通じませんよ！」

「めぐみんってば突然現れたと思ったら何言ってんの⁉　っていうか、言ってる事がさっぱり分からない！　真犯人だとか何の事⁉」

穏《おだ》やかな空気を台無しにされたゆんゆんが、あたふたしながら立ち上がる。

この騒《さわ》ぎで眉《まゆ》をひそめる周囲の人に、ゆんゆんはぺこぺこと頭を下げていた。

俺はそんなゆんゆんに事情を説明する事に。

「いや実は、この街の近くで連日謎の爆発騒ぎが起こっていてな」

「めぐみんのバカッ！　紅魔の里だけじゃ飽《あ》き足らず、ここでも同じ事やったの⁉　里ではあれだけ騒ぎになったのに、まだ懲《こ》りてなかったの⁉」

「ああっ⁉　や、やめろお！　何ですか、いきなり何をするんですか！」

たったそれだけの説明で何かを察し、半泣きになりながらめぐみんに摑《つか》み掛かるゆんゆん。

ゆんゆんは、やがて摑んでいためぐみんの胸《むな》ぐらをバッとかなぐり捨てると俺達へと向き直る。

「ごめんなさい！　めぐみんは頭が良いくせにバカで後先を考えないけど、根は悪い子じゃないんです！　今回被害《ひがい》に遭《あ》った人達には、私も一緒《いっしょ》に謝りに行きます！　なので、寛《かん》大《だい》な処置を……」

「あなたまで、どうしてこれだけの説明で私がやったと思い込むのですか！」

「きゃーっ！　痛い痛い！　やめてえ！」

俺達に謝るゆんゆんにめぐみんが摑み掛かる中、ロリエリーナが訝《いぶか》しげに首を傾げた。

「ちょっと待ってください、今、『紅魔の里だけじゃ飽き足らず』と言いました？　紅魔の里でも似た様な事件があったんですか？」

「そ、そうです。その時は通りすがりの女悪魔のせいにして事なきを得たんですけど、今回も同じ事をやらかしたのかと……」

今、通りすがりの女悪魔のせいにしたってとんでもない事が聞こえたんだが。

一度めぐみんの過去を聞いてみたいところだ。

「あ、あの時はあの時、今は今です！　違いますよ、私ではありませんってば！　皆《みんな》してそんな目で見ないでください。……それよりゆんゆん！」

ロリエリーナから疑惑《ぎわく》の視線を向けられながらも、めぐみんはゆんゆんに指を突《つ》き付ける。

「あなたには現在、アクセル連続爆発事件の容疑が掛かっています。まずは署までご同行願いましょうか！」

「何でえええええ!?」

突拍子《とっぴょうし》もない事を言い出しためぐみんに、ゆんゆんが悲鳴を上げる。

「何でもクソもありますか。まず私との関係を言ってみてください」

めぐみんのその言葉に、ゆんゆんは途端《とたん》に顔を赤くする。

恥《は》ずかしげに俯《うつむ》きながら、めぐみんの方をチラチラと上目遣《うわめづか》いで窺《うかが》うと。

「そう、あなたは私のライバルです！　違《ちが》いますか？」

「ちちち、違わないわ！　そう、私はあなたのライバルよ！　それが何⁉」

めぐみんに遮《さえぎ》られ、涙目《なみだめ》で半ばヤケクソ気味に叫《さけ》ぶゆんゆん。

「認めましたね。ゆんゆんはこの通り、私のライバルを自称しています！　つまりは、ライバルである私を蹴落《けお》とそうとする動機があるわけです！」

「ええっ⁉」

何やらショックを受けた様子のゆんゆんに、めぐみんは尚《なお》も続ける。

「しかもあなたは、紅魔族の中でも私に次ぐ魔法《まほう》の使い手！　天才の私が爆裂魔法《ばくれつまほう》を使う事にライバル心を燃やし、爆発系統の魔法を習得していたとしてもおかしくありません！」

「おかしいよ、何その理屈《りくつ》、おかしいよ！」

ゆんゆんが泣《な》き叫ぶ中めぐみんは。

「ではあなたに問いましょう。連日爆発事件が起きていますが、その間あなたは誰《だれ》かと一緒でしたか？」

「……ひ、一人だけど……」

その言葉を聞き、勝利を確信したかの様に不敵に笑う。


「と……ともだ……」

「なるほど、一人ですか。では事件があった頃、あなたが街の外に出ていない事を証明してくれる人は誰もいないわけですね？」

「…………いない」

めぐみんの問い掛けにゆんゆんがぽつりと呟《つぶや》いた。

「ご覧の通り、彼女には動機もあれば犯行が可能な才能もありアリバイも無い！　ロリエリーナさん、お願いします」

「では、ちょっと署の方までご一緒に……」

「待って、私じゃないですから！　本当ですからあああああ！」

「——本命のゆんゆんもハズレでしたね。怨恨《えんこん》の可能性は薄《うす》いのでしょうか……」

警察署からの帰り道。

俺とめぐみんは二人で街の外へと向かっていた。

「というか、あの子ってお前の友達だろ？　いくらライバルだとはいえ、友達相手にこんな嫌《いや》がらせはしないと思うぞ」

「そうですか？　私は紅魔の里の友人達には、常に先手必勝の精神で全力で泣かせていましたよ」

「やっぱりこの事件はお前への怨恨の可能性が高いと思う」

俺はめぐみんと共に正門をくぐると、今日の爆裂ポイントを探し始めた。

そう、わざわざ街の外へ出たのは、めぐみんの頭の悪い日課をこなすためだ。

「こんな時くらいは自重すればいいと思うんだがなあ」

「何を言っているのですか、そんな事をすれば犯人に負けた様なものですよ。……いや、そもそもこれこそが犯人の目的なのでは!?　この私にこれ以上爆裂魔法を使わせないために……！　となると容疑者は、私の開けた穴を埋《う》める土木工事のおじさん達でしょうか？でも、お嬢《じょう》ちゃんのおかげで仕事が増えて助かるよとお礼を言われた事がありますし……。ハッ!?　これはもしや、我が力を恐《おそ》れ疎《うと》ましく思った魔王軍の……」

バカな事をぶつぶつ呟き始めためぐみんを見ていると、コイツの知能が高いって話は絶対嘘《うそ》だろうと思ってしまう。

「ほら、この辺りでいいだろ。寒いし近いところで済まそうぜ」

「この辺は雪が積もっていないじゃないですか。もっとたくさんの雪がある場所がいいです。爆裂魔法で真っ白なキャンバスを私色に染めるのが面白《おもしろ》いんです」

「……なるほど、積もってる雪を見ると小便ひっかけて融《と》かしたくなる様なもんか」

「違いますよ！　紅魔族の崇高《すうこう》な本能とカズマの下品な習性を一緒にしないでください！」

めぐみんのワガママに付き合いながら、俺達は雪深い森のそばへ。

「森の中に撃《う》ち込むと木こり組合の人や狩猟《しゅりょう》組合の人に怒《おこ》られますからね。この辺でいいでしょう」

「お前の人生はどうしてそう苛烈《かれつ》なんだ。日々敵を増やしていかないと気が済まないのか？　もうちょっと穏やかに生きようとは思わないのか」

「私が歩むのは修羅《しゅら》の道です。そんな温《ぬる》い人生などクソ食《く》らえですよ。さあいきますよ！　我が力、見るがいい！」

めぐみんはそう言って高らかに魔法を唱えると。

「『エクスプロージョン』――――!!」

森の近くの平原に、渾身《こんしん》の爆裂魔法を解き放った！

――と、その時。

俺はここことは違うどこか遠くで、爆発音を聞いた気がした。

5

翌日。

「というわけで、めぐみんさんには爆裂魔法禁止令が出されました。めぐみんさんが犯人では無いとはいえ、真犯人が見つからない以上、さすがに我慢《がまん》していただかないと……」

「断る」

再び俺達の屋敷《やしき》を訪ねてきたロリエリーナがめぐみんと対峙《たいじ》していた。

やはりというか何というか、俺達が街を出て帰ってくるまでの間に、森の中で爆発が観測されたらしい。

現時点で分かっているのは、めぐみんが魔法を撃ちに行くと犯人もそれに合わせて魔法を放つ事のみ。

一応、昨日付き添《そ》っていた俺が、めぐみんのアリバイは証明したのだが、とうとう事件を解決するまで爆裂魔法の禁止令が下ってしまった。

「あなたはこの私に死ねとでも言うのですか？　紅魔族は魔力溢《あふ》れる武闘派《ぶとうは》種族。適度に魔法を放って魔力を使い続けないと死ぬんです。そう。この私が数日魔法を使わなければ、暴走した我が力により、この街はもれなく消えてなくなるであろう」

「お前適当な嘘こくなよコラ。その理屈が通るなら、紅魔族は魔法を覚える前に皆死に絶える事になるだろうが」

ロリエリーナを何とか丸め込もうとしていためぐみんが、邪魔《じゃま》をするなとばかりに俺を見上げ。

『緊急《きんきゅう》クエスト！　緊急クエスト！　街の中にいる冒険者《ぼうけん》の各員は、至急冒険者ギルドに集まってください！』

そんな、緊急クエストのアナウンスがめぐみんの言葉を遮った――

「――冒険者の皆《みな》さん、よく集まってくれました！　実は、冬眠《とうみん》から覚めた一撃熊《いちげきぐま》の群れが付近の畑を荒《あ》らしています！　その数は十頭を超《こ》え、畑の作物だけでは満足しないでしょう。となると、街の近くまで餌《えさ》を求めてやって来るのは間違いありません！　皆さん、直ちに戦闘《せんとう》態勢を整えて迎撃《げいげき》準備をしてください！」

装備を整えギルドに行くと、切羽《せっぱ》詰まった様子の受付嬢が何度も説明を繰《く》り返していた。

一撃熊とは物騒《ぶっそう》なその名の通り、強力な前脚《まえあし》による一撃を得意とし、油断すればベテラン冒険者ですら不覚を取る強敵だ。

それが群れをなして襲《おそ》ってくるとは一体どういう事だろうか。

「一撃熊の群れ……。そんな、駆《か》け出し冒険者ばかりなのに、そんなのを相手にすれば死者が出るのは間違いないわ！」

俺達に付いてきたロリエリーナが青ざめた顔で声を上げた。

そんなロリエリーナに気付いた冒険者達が口々に。

「そこのあんたの言う通り、この中の誰かが死ぬだろう。それでも、街の住人を守るために戦うのが俺達冒険者の仕事ってヤツだ」

「ああ、俺達はそのために冒険者になったんだからな。命を落とすのは覚悟《かくご》の上ってやつさ。なあ皆！」

「おう！　そこの綺麗《きれい》な姉さん、俺達に任せときな。生きて帰ったら酒でも飲もうぜ！」

「熊ぐらい何だってんだ。この街には一匹《びき》たりとも入れさせねえよ！」

そんな威勢《いせい》の良《い》い事を言う冒険者達に、ロリエリーナは英雄《えいゆう》を見る様な眼差《まなざ》しを向けて顔を上気させていた。

その冒険者達は、皆気楽そうな表情で俺の隣《となり》を見つめている。

そう、杖《つえ》を携《たずさ》えためぐみんを。

「それは素晴《すば》らしい意気込みです。これなら私が出るまでもありませんね」

「「「「えっ」」」」

いつもなら真っ先に自分の獲物《えもの》だと言い出すめぐみんが辞退を申し出た事で、居合わせた冒険者達が固まった。

「いやいやめぐみん、ほら、こんな時こそお前さんの出番だろ⁉　俺達だけでもどうにか出来る。出来るが多分死者が出る。でも、お前さんの力があれば……」

「そそ、そうそう！　俺達だけでもいけるけどよ、めぐみんが出れば一撃だぜ！」

「一撃熊なんて目じゃねーよな！　めぐみんこそ一撃魔道士とか名乗ってもいいんじゃないか？　な？　な⁉」

「めぐみんさん、ここは出番っスよ！　自分、めぐみんさんの格好良《かっこい》いところが見てみたいっス！」

この場の冒険者達はめぐみんの爆裂魔法で終わるだろうと高をくっていたらしい。

「これだけ冒険者がいるんだし、皆《みんな》やる気みたいだし。それなら、このアクアさんも出るまでもないわね。ねえカズマ、私には暖炉《だんろ》の火を絶やさないっていう大切な仕事があるの。今日のところは帰るわね」

「「「ええっ⁉」」」

続くアクアのリタイア宣言に冒険者達が悲鳴を上げる。

暖炉の前でウトウトしていたところを起こされて不機嫌《ふきげん》なのか、一刻も早く帰りたいらしい。

もしもの時のためにアクアの蘇生魔法《そせいまほう》を期待していた冒険者達が、目に見えて青ざめ始めた。

と、そんな冒険者達にめぐみんが、芝居《しばい》がかった大声で。

「そもそも私は、こちらのロリエリーナ副署長に未《いま》だ爆発《ばくはつ》事件の犯人であると疑われ、爆《ばく》裂魔法《れつまほう》の使用を禁じられているのですよ。それがなければ我が必殺魔法をお見舞《みま》いできるのに、残念です。ええ、とても残念ですよ」

「ちょっ、めぐみんさん⁉」

めぐみんの責任転嫁《てんか》にロリエリーナが声を上げる。

自然、冒険者達の視線がロリエリーナへと集められた。

「うう……。め、めぐみんさん、今は非常事態です、先ほどの爆裂魔法禁止令は一時的に解除しますので……」

ロリエリーナは、その視線に耐《た》えかねたかの様に頰《ほお》をひくつかせながらおずおずと。

それを受けためぐみんは、わざとらしく肩《かた》を落とし。

「一時的なんですか？　それってつまり、命懸《いのちが》けで一撃熊を退治させた後はまた禁止だという事ですよね？　それを思うとやる気が出ないと言いますか……」

「ああああああ、分かりましたあああ！　禁止令は取り消しますので、どうか一撃熊の討伐《とうばつ》をお願いします！」

6

眼前の雪原で、巨大《きょだい》な熊の群れが警戒《けいかい》の唸《うな》り声を上げている。

それと対峙するのは、自称《じしょう》この街随一《ずいいち》の魔法使い。

俺を含《ふく》めた冒険者達は、爆裂魔法で討《う》ち漏《も》らした際に備え、いつでも援護《えんご》に入れる様にめぐみんのすぐ後ろから見守っていた。

全員が固唾《かたず》を呑《の》んで見守る中、めぐみんの魔法の詠唱《えいしょう》が始まった。

めぐみんの詠唱をよく聞いていた俺は、その詠唱速度が普段《ふだん》唱えているものより遅《おそ》く感じられた。

全冒険者達の注目を集めているので勿体《もったい》付けているらしい。

やがて詠唱が終わると共に、めぐみんが杖を高々と掲《かか》げた。

「我が力、食らうがいいっ！　『エクスプロージョン』――ッッッ!!」

杖の先から光が奔《はし》り、一撃熊の群れの真ん中に突《つ》き刺《さ》さる。

凄《すさ》まじい轟音《ごうおん》と共に辺りに衝撃波《しょうげきは》が吹《ふ》き荒れると、後に残されたのは巨大なクレーターのみだった。

魔力を使い果たしためぐみんが倒《たお》れると同時、冒険者達から歓声《かんせい》が上がる。

「す、凄《すご》い……。これが爆裂魔法……」

ただ一人、この光景を見慣れていなかったロリエリーナだけが呆然《ぼうぜん》と呟《つぶや》いていた。

剣《けん》の心得があるという事でこの人も付いてきていたのだが、魔法の威力《いりょく》に引いている様だ。

そんなロリエリーナに向けてめぐみんが、俺に体を支えられてぐったりしながらも目に強い光を湛《たた》えたまま。

「これこそが我が爆裂魔法。……どうです？　今までに起こった爆発事件での爆発跡《あと》は、これほどの大きさがありましたか？」

そう言って、力無く笑い掛《か》けた。

それを見たロリエリーナは、静かに目を閉じ頭《かぶり》を振《ふ》ると。

「……いえ、こんな巨大なクレーターが出来た事はありませんでした。……めぐみんさん」

しっかりとめぐみんを見据《みす》え。

「この度《たび》は、あなたに嫌疑《けんぎ》を掛けてしまい申しわけありませんでした。あらためて、もう一度お詫《わ》びをさせていただきます」

そう言って、めぐみんに深く頭を下げた。

それは、ロリエリーナが抱《いだ》いていためぐみんへの嫌疑が完全に晴れた瞬間《しゅんかん》だった。

「ふふ、分かってくれればいいのです。あなたからの嫌疑が完全に晴れただけで十分ですよ。それに、今回は熊を一掃《いっそう》出来て凄く気持ち良かったですしね。許してあげます」

そんなめぐみんの言葉に、ロリエリーナがクスクス笑う。

「わ、私もその、疑ってごめんねめぐみん！　そうよね、めぐみんだって問題ばかり起こさないよね。こ、今度お詫びに、美味《おい》しいケーキ買ってくるから……！」

「ふふ、ケーキに免《めん》じて許してあげましょうか。ゆんゆんも、これからはこのカズマを見習って、もうちょっと私を信じてくださいね？　……そして、カズマ」

めぐみんは、俺に向かって照れくさそうに。

「ちゃんと私を信じてくれて、ありがとうございました」

そう言って、満足そうに笑い掛けてきた——

「——これは一体どうした事だ⁉　おいカズマ、私がいない間に何があった⁉」

その人達はダクネスの実家の私兵だろうか。

武装した男達を連れて山の方角から帰ってきたダクネスが、クレーター前の俺達を見て声を上げた。

「おいダクネス、どこ行ってたんだよ。冬眠から覚めた一撃熊の群れが現れて緊急の呼び出しがあったんだぞ？　めぐみんの活躍《かつやく》がなかったら大変な事になってたんだからな？」

「そ、それは本当か⁉　むう、一撃熊がこんな時季に現れたのは例の爆発事件による弊害《へいがい》だな。昨日も森の中で爆発があったらしいから、きっとその時に目覚めたのだろう」

そういえば、肝心《かんじん》な爆発事件が解決していなかったな。

「これはあの爆発魔の仕業《しわざ》なのですか。明日《あした》からは、本腰《ほんごし》を入れて事件解決を目指さないといけませんね！　この私がいるのですから、明日こそは紅魔族の高い知力をお見せしますよ！」

俺に支えられたままいきり立つめぐみんに、ダクネスが引き攣《つ》った笑顔《えがお》を見せた。

「ああ、その……。その事なのだがな、めぐみん。もう事件は解決したのだ」

ダクネスはそう言って、連れていた男達から一本のキノコを受け取り俺達に見せてきた。

黒々としていて刺々《とげとげ》しいそのキノコは、見るだけで危険な雰囲気《ふんいき》を漂《ただよ》わせている。

「これはマインマッシュと呼ばれるキノコでな。ある特定の条件下で、凄まじい爆発を起こすのだ。山の麓《ふもと》や山間部に、これがたくさん生えていた。今後、人を集めて収穫《しゅうかく》し適切な処理をする。恐《おそ》らくは、これと同じ物が森の中にも生えている事だろう。そちらも同じく処理しないとな」

それを聞いた俺達は、深く息を吐《は》き出した。

「何だよ、これだけの騒《さわ》ぎを起こしといて爆発するキノコの仕業かよ。俺達の苦労は何だったんだ」

「まったくですよ、私なんて色んな人に疑われて散々でした。そんなキノコは我が爆裂魔法で消し飛ばして処理してくれましょう。ダクネス、キノコの収穫だけお願いします。処理は私に任せてください」

俺とめぐみんの言葉を聞いて、ダクネスが目を泳がせる。

「いやその……。めぐみんが処理をするのはオススメしないな。これは私達でちゃんと始末するので……」

そんなダクネスの様子を見て、俺はふと尋《たず》ねてみた。

「……なあ、そのキノコはある特定の条件下でのみ爆発するんだよな？　……それってどんな条件なんだ？」

その問い掛けに、ダクネスはしばらく迷った様子を見せると。

「……近くで強い魔力を感知すると爆発する」

そう言って、めぐみんからそっと顔を背《そむ》けた。

………………。

「……えっ。つまり何か？　たとえばキノコが群生している森の近くで爆裂魔法を放ったりすると……」

「爆発する」

「………他《ほか》にも、山の近くで爆裂魔法を放っても……」

「もちろん爆発する」

おい。

「……違《ちが》うんです。あの、違うのですよ」

俺に支えられたままのめぐみんが、汗《あせ》を垂らし顔を背けながら呟いた。

何が違うのか聞こうじゃないか。

ロリエリーナが手錠《てじょう》を取り出し、俺達がそれを無言で見つめていると。

「ええ、爆発といえばこの私！　私といえば、そう、爆発！　いいでしょういいでしょう、これからは同じ事が起きたなら、全部私のせいにしてもらえばいいでしょう！　でも一つだけ言わせてください。人を疑うのは、こうして証拠《しょうこ》が出てきてからに——！」

「そんな逆ギレ通るかよ、信じた俺がバカだったよ!!」

守りたいクルセイダー

KONO
SUBARASHII
SEKAI NI
SYUKUFUKU
WO!
YORIMICHI!

1

「カズマ、クエストだ！　クエストに行こう！」


とある日の昼下がり。

暖炉《だんろ》の前でコツコツと内職をしていた俺に向け、ダクネスがそんな事を言い出した。

「いきなり何だってんだよ。嫌《いや》だよ、この寒いのに。しかも、冬は強いモンスターしか活動してないいんだろ？　もっと暖かくなってからにしようぜ」

革袋《かわぶくろ》を作る手を止めそう言うと、俺の隣《となり》から同意が上がった。

「そうそう、こんな時季にはお家《うち》に引き籠《こ》もってるのが一番よ。めぐみんとのこの勝負が終わったらダクネスも一緒《いっしょ》に遊ぶ？　めぐみんたらおかしなルールばかり使うからちっとも勝てないの」

「おかしなルールとは失礼な。アークウィザードを盤外《ばんがい》に脱出《だっしゅつ》させるテレポートと、一日一回盤面《ばんめん》をひっくり返せるエクスプロージョンは公式ルールですよ」

俺はボードゲームで遊んでいる二人に向けて。

「お前らもお前らで、ちょっとは内職手伝えよな。なんで俺一人で借金返さなきゃならないんだよ」

「私とめぐみんは、来《きた》るべきもしもの時に備えて魔力《まりょく》と体力を温存してるの。私達はこの街において切り札的な存在なんだから、一見遊んでいる様に見えてこれも仕事の内なのよ？　今大事な局面なんだから邪魔《じゃま》しないで」

「そうです、これもちゃんとしたお仕事ですよ。というわけで我がアークウィザードによる魔法攻撃《こうげき》。アークプリーストは死ぬ」

「わあああああーっ！　カズマが途中《とちゅう》で邪魔するからピンチになったじゃないの！　来週の掃除《そうじ》当番を賭《か》けてるのに負けたらどうすんのよ！」

まったく手伝う気がなさそうな二人は諦《あきら》め、俺は内職を続けようと……。

「こんなチマチマした仕事は今はどうだっていい！　ほら、これを見ろ！」

「ああっ、何しやがんだ！　手伝うどころか邪魔するってどういう……。ん？」

テーブルの上の革袋を脇《わき》にどけられ、ダクネスが見せてきた紙に目を通す。

「謎《なぞ》の賞金首モンスター『強壮《きょうそう》なる使者』！　アクセルの南に位置する湖周辺には、深い森が広がっているのだが……。その森の奥には朽《く》ちた神殿《しんでん》があり、そこにこの賞金首が潜《ひそ》んでいるらしいのだ」

見せられた紙には、デフォルメされた可愛《かわい》らしい絵で、両手の先に触手《しよくしゆ》を持ち、タコみたいな顔をした人型モンスターが描《えが》かれている。

「……お前、このモンスターの触手に反応したんだろ」

「してない。クルセイダーの高尚《こうしよう》な騎士道《きしどう》精神を穢《けが》すな無礼者め。この賞金首モンスターなのだが、今のところそのほとんどが謎に包まれていてな。名前以外にはほとんどの事が分かっておらず、一説では、土の大精霊《だいせいれい》がどこかの誰《だれ》かの思考を元に実体化したのではないかと言われている。そこで、冒険《ぼうけん》者ギルドから私に向けて調査依頼《いらい》が出されたのだ」

調査依頼？

「なんでよりによってお前なんだ？　ギルド職員の目はいつからそんな節穴になったんだ？　モンスターの生態調査が目的ならもっと他にいるだろ。たとえば気配を消せる盗賊《とうぞく》職のやつとか、遠視能力があるアーチャー職のやつとか」

そんな俺の疑問に対し、ダクネスは腕《うで》を曲げるとむんと力を込め胸を張る。

「相手は賞金首に指定されるモンスターだ。どんな能力を持っているかも分からない状態で貧弱な盗賊職やアーチャー職では危険だという事になり、まずはアクセル一の強靱《きようじん》さを持つ私が対峙《たいじ》し、様子を見る事になった」

「……なるほど。確かにお前の面《つら》の皮の厚さなら、初見のモンスターに攻撃されても大概《たいがい》は耐《た》えられるもんな」

「面の皮が厚いとか言うな無礼者。だがまあそういう事だ。どんな特殊《とくしゅ》能力を持っているかも分からない以上、私が体を張って敵の能力を調べるのが一番良《い》い」

……へえ。

「一応ちゃんと考えてるんじゃないか。そういう事なら付いてくぐらいは構わないけどさ。単に触手モンスターになぶられたいだけかと誤解してたよ。まあ、モンスターの調査って事なら、俺が潜伏《せんぷく》スキルと千里眼スキルを使いながら相手を観察して、それだけで依頼達成できればそれに越《こ》した事は……」

「何を言うかバカ者め！　それでは引き受けた意味がないではないか！」

……。

「お前、やっぱり触手に反応してるだけだろ」

「……してない」

2

アクセルを南下すると小さな山が見えてくる。

その麓には濁《にご》った湖があり、さらにその奥には暗く深い森が広がっていた。

「ねえ、私何だか邪悪な気配を感じるんですけど。この奥には行かず、家に帰って酒盛りすべしって私の勘《かん》が訴《うった》えてるんですけど」

「お前は寒いから早く帰りたいだけだろ。っていうかさっき、お前とめぐみんが自分で言ってたんじゃねーか、来るべきもしもの時に備えてるって。今がその来るべきもしもの時なんだから、とっとと行くぞ」

冒険の準備を整えた俺達は、未《いま》だ一人だけぐずるアクアを引き連れ深い森へと分け入った。

「この森に、そのなんとかいう賞金首が潜んでいるんですね。これです、こういうのを待っていたのです。雑魚《ざこ》いモンスターをチマチマ狩《か》るのではなく、高額な賞金が掛《か》かったモンスターで一攫千金《いっかくせんきん》！　これこそが冒険者というやつではないでしょうか！」

アクアとは対照的にやたらとテンション高いめぐみんが騒ぎ立てる。

「今回の目的はモンスターの調査だからな、無理に戦う必要はないのだぞ？　まあ、万が一私が触手モンスターに捕縛《ほばく》されてしまった際には躊躇《ちゅうちょ》無く逃《に》げるんだ。いいか、決して助けようとするんじゃないぞ」

「お前、後で泣いて助けを求めても、本当に放《ほう》っておくからな」

相変わらずブレない変態は置いておき、モンスターの目撃情報があった場所を目指しひたすら奥へ。

今のところは俺の敵感知スキルに反応はない。

「ねえ、やっぱり帰らない？　だって冬のモンスターは強いのよ？　その賞金首以外の子と会ったりしても、今の私達じゃピンチなのよ？」

おっかなびっくりで最後尾《さいこうび》を付いてくるアクアが、そんな事を言いながら辺りをキョロキョロ見回すが。

「そのためにめぐみんがいるんだろうが。日頃《ひごろ》意味もなく爆裂魔法《ばくれつまほう》を撃《う》つか物を壊《こわ》すかボードゲームする以外、ちっとも生産的な事をしない穀潰《ごくつぶ》し2号がとうとう役立つ時が来たんだぞ。お前は1号として少しは焦《あせ》らないのかよ」

「おい、穀潰し2号というのはもしかしなくても私の事だろうか。もしもそうならばその喧嘩《けんか》買おうじゃないか！」

「ねえ、1号ってのは私じゃないわよね？　私じゃないわよね!?」

騒《さわ》がしい二人を尻目《しりめ》に俺は相変わらず敵感知スキルを発動させて周囲をうかがい先頭を進んでいく。

というか、調査に来ているというのに大声で騒ぐのは本当止《や》めて欲しい。

賞金首どころか、本当に雑魚モンスターにでも見付かったら……。


――ふと気付く。


俺達がこれだけ騒いでも、何の音もしない事に。

そしてこれだけ広く深い森だというのに、俺達に気付いて鳥が羽ばたく事もなく、それどころか虫の音も聞こえない事に。

思わずその場に立ち止まり辺りを見回す俺の様子に、めぐみんやダクネスが何かを察して押し黙《だま》る。

「見てなさいよクソニート、今日は凄《すご》い活躍《かつやく》をして、穀潰し扱《あつか》いしてごめんなさいって謝らせてみせるからね！　ほら、そんなとこで止まってないで早く進んで！　ほら早く！」

ただ一人だけ相変わらず空気を読めないヤツに向け、俺は静かにするようにと唇《くちびる》の前で人差し指をピッと立てた。

「……様子がおかしい。モンスターどころか鳥や動物の気配も感じない。何だか嫌な予感がするし、今日は……って指切りしようってんじゃねえよ！」

俺の人差し指に小指を絡《から》めるアクアに怒鳴《どな》ると、まるでわざわざそれを待っていたかの様に。

「カ、カズマカズマ。何かいますよ？　あそこの木の陰《かげ》に、グニャグニャした何かが」

めぐみんが声を震《ふる》わせ指差す木の陰に、得体の知れない何かがいた。

それは見た瞬間《しゅんかん》に全身に鳥肌《とりはだ》が立ち、激しい動悸《どうき》と共に恐怖《きょうふ》と震えがくる禍々《まがまが》しい存在。

酷《ひど》い吐《は》き気と恐怖を覚えまともに見る事もできず一瞬で目を逸《そ》らしたが、イラストで描かれていた可愛らしい生き物とは似ても似つかぬ触手生物。

その、謎の賞金首が木の陰から姿を現す。


とても直視などできないソレは、空気を震わせて奇怪《きかい》な声を張り上げると――


「撤退《てったい》!!」

「わあああああーっ！　カズマさーん！　カズマさーん!!　置いてかないでカズマさー

ん！」

「バカッ、早く来い！　めぐみんも泣きながら魔法唱えてないで走れ走れ！　あれは絶対に関《かか》わっちゃいけない何かだ！」

あっという間にパニックに陥《おちい》った俺達が、泣いたり逃げようとしたり破れかぶれになり魔法を唱え出したりと、思い思いの行動に移る中。

「カカカ、カズマ！　ああ、アレはダメだ、アレだけは生理的に受け付けない！　あの触手は悪い触手だ！　アレはこの世に存在していてはいけない何かだ！」

「このバカッ、この非常事態に触手がどうとか何言ってんだ！　アレがヤバい事ぐらいは見りゃ分かる、何なんだよアイツは！」

真っ先に逃げた俺を追い、アクア、めぐみん、ダクネスが続く中。

「たたた、確か『強壮なる使者』だとか、『這《は》い寄る混沌《こんとん》』だのと呼ばれる、土の大精霊ではないかと言われているはずなのだが……!!」

強壮なる使者……、這い寄る……。

這い寄る混沌!?

「バカッ、それってとびきりヤバいヤツじゃねーか！」

ゲームやファンタジーに詳《くわ》しい者なら大抵《たいてい》知ってるヤバいヤツ。

間違《まちが》ってもこんな駆《か》け出しの街近くにいていい存在ではない。

ダクネスはアレが土の大精霊だとか言っていた。

確かこの世界の精霊達は、最初に出会った者の思考を元にその姿を実体化させる。

這い寄る混沌。

クトゥルフ神話に出てくる土の精で、一説では邪神《じゃしん》だとも言われるヤバいヤツ。

この世界にあんな物がいるという事は、どこかの誰かが冬の精霊といえば冬将軍を連想した様に、土の精霊といえば確か……みたいなノリで——！

「またどっかのアホがやらかしたのかあああああ！」

「カズマ、どうした⁉　今は泣いている場合ではないぞ！」

ごめんなさい、日本人を代表して謝りますごめんなさい！

だが、アレが本物ではないと分かり、少しだけ安心し背後を振《ふ》り向く。

と、その時俺が目にしたものは——

「アイツ何かやる気だ！」

どこに目があるのかは分からないが、こちらを真っ直《す》ぐに視認《しにん》しているのだけはなんとなくの雰囲気《ふんいき》で分かる。

こちらに向けて触手《しょくしゅ》を構え、ソレが何かを撃ち出そうと——

した、その時だった。


「『エクスプロージョン』——ッッッ!!」


最後尾のダクネスが、身を挺《てい》してソレから俺達を庇《かば》うのと同時、めぐみんが魔法を炸裂《さくれつ》させる。

魔力を使い果たしためぐみんを背負い、俺達は後ろも見ずに逃走《とうそう》した——!

3

街に逃げ帰った俺は、魔力切れでぐったりしためぐみんをソファーに寝《ね》かせ。

「ったく、当分はクエストなんて請《う》けないからな！　なんだよアイツおっかねえ！　絶対今晩夢に出るわ！」

先ほどのアレを思い出し、全身を粟立《あわだ》てながら身震《みぶる》いした。

いや待てよ。

このままでは夢に出そうという事であれば、先に例のお店に行って、今晩の夢を決めてしまえば……。

と、自分の名案に頷《うなず》いているとアクアが言った。

「ねえ、ダクネスは？　あんな怖《こわ》いのに引き合わせてくれたダクネスはどこ行ったの？　これから小一時間くらい、私がどれだけ怖い思いをしたのかを説教しなきゃ気が済まないんですけど」

「アイツなら、部屋で着替《きが》えてからギルドへ報告に行ったぞ。これも一応調査っちゃ調査だ。報酬《ほうしゅう》はちゃんともらえるだろう。今日はパーッと美味《おい》しい物でも食べようぜ」

「それは良《い》いですね。皆《みんな》でご馳走《ちそう》を食べ、高級なお酒でも飲んでアレの事は忘れましょう」

グッタリしながらも笑《え》みを浮《う》かべるめぐみんに。

「あ、俺は今日は酒はいいから。後、外泊《がいはく》するから」

「なぜ!?」

と、そんなやり取りの最中《さなか》、報酬とおぼしき袋《ふくろ》を手にしたダクネスが帰って来た。

「帰ったぞ。皆、ご苦労だったな。ギルドの職員いわく、あの森は当分の間立ち入り禁止にするそうだ。アレは手を出すべき相手じゃない。というわけで、これが今回の報酬だぞうだ。……ふう。何だか袋が重いな……」

今日の戦闘《せんとう》が堪《こた》えたのか、既《すで》に鎧《よろい》も外し着替えを終えていたダクネスが、テーブルの上に袋を置いた。

「ねえダクネス、さっきのアイツはなんなんですか？　ハッキリ言って超《ちょう》怖かったんですけど！　女神《めがみ》はトイレ行かないから良かったものの、私が普通《ふつう》の人なら危《あや》うく漏《も》らすとこだったんですけど！」

「そ、そうは言ってもこれも大事な調査であって……。ああっ、ちょ、ちょっと待てアクア、そんなに怒《おこ》っているのか!?　も、もっと手加減をだな……！」

と、アクアに襲《おそ》い掛《か》かられたダクネスが両手を摑《つか》まれ、珍《めずら》しくテーブルの上に組み伏《ふ》せられて。

「……どうしたのダクネス？　私そんなに力なんて入れてないわよ？　……はは一ん、そんな弱々しい演技をして、今日は疲《つか》れたって事にして私の怒《いか》りを躱《かわ》そうってわけね。この子ったらなんて子なの、いつまでその演技が続くのか試《ため》してあげるわ！」

「ま、待てアクア、何の事だ!?　ちょっと、やめっ！　ああっ!?」

テーブルの上で揉《も》み合いを始めた二人に呆《あき》れていた俺だったが、何だかいつもと様子がおかしい事に気が付いた。

「……ねえダクネス、今日は本当にどうしちゃったの？　普段は私を叱《しか》りつけたりするダクネスがこんなに弱っちくなるだなんて、何だかちょっと楽しくなってきちゃったんですけど」

「くっ……！　これは一体どういう事だ⁉　おいアクア、自らに筋力を増加する支援魔法《しえんまほう》を掛けているんじゃないのか⁉　こ、この私がアクアに力で負けるなど……！」

……やっぱりおかしい。

基本は真面目《まじめ》なダクネスが、こんな小芝居《こしばい》をするわけない。

俺は無言で近付くと、アクアに頼《たの》んで場所を替わる。

「⁉　よ、よせカズマ、お前は一体何のつもりだ⁉　というかお前までこんな……！　二人とも、どうして急にこんな力を⁉」

間違いない。

「おい、なんかコイツ弱くなってるぞ！」

「「⁉」」

——弱体化したダクネスをソファーに座らせ、それを俺達が取り囲む。

いつもキリッとしていたダクネスは、現在では借りてきた猫《ねこ》の様に大人しい。

と、そんなダクネスに。

「ダクネスダクネス、ぜひ私と腕相撲《うでずもう》をしましょう！」

ドレインタッチで俺から魔力をもらっためぐみんが、嬉々《きき》として勝負を挑《いど》んでいた。

「う……。い、いやその、今日は遠慮《えんりょ》しておくというか……」

「何ですか？　ダクネスともあろうものが！　クルセイダーともあろうものが!!　よもや、魔法使い職からの腕相撲勝負を拒《こば》むのですか!?　ガッカリです、ええガッカリですよ！

いつもの頼もしくて格好《かっこ》良《い》いダクネスを返してください！」

「くっ……！　わ、分かった、勝負しようではないか！」

「それでこそダクネスです！　さすがは我がパーティーのクルセイダーですね！」

どこかいじめっ子気質のあるめぐみんが、こんなチャンスを逃《のが》すはずがない。

「どーん！」

「ああっ!?」

遠慮も容赦《ようしゃ》もなくアッサリとダクネスに勝利しためぐみんは。

「どうしたんですか？　ダクネス、魔法使い職が相手だからといって手加減する必要などないのですよ？」

そう言って、両手で顔を覆《おお》ってテーブルに突《つ》っ伏《ぷ》すダクネスの肩《かた》を、ニヤニヤしながら揺《ゆ》さぶっていた。

「しかし、またいきなりどうしたんだ？　日頃《ひごろ》の行いが悪いからレベルが下がる罰《ばち》でも当たったんじゃないか？　あっ、俺が隠《かく》しておいたシュークリーム食ったのお前だろ！　だからエリス様の罰が当たったんだぜきっと！」

「たわけっ、誰《だれ》がそんな真似《まね》をするか！　日頃の行いに懸《か》けてはなんら恥《は》じる事はしていないぞ！　これは呪《のろ》いか何かに違いない！」

「ええ、ダクネスの言う通り、これは呪いね。それに戸棚《とだな》の奥にしまってあったシュークリームを食べたのは私だもの。普段力仕事を手伝ってくれてるダクネスに、罰なんて当たるわけないいじゃない」

頬《ほお》に指を当てながら、アクアが真面目な顔でダクネスをジッと見て……。

「おい、お前が俺のシュークリーム食ったのか？」

「これは呪いなのですか？　となると、先ほど戦ったアレに、ダクネスが呪いを掛けられた、と……？」

めぐみんの言葉にアクアは深く頷くと。

「ええ、間違いないわね。これは相手を弱体化させる遅効性《ちこう》の呪いよ」

「おい、ごまかすんじゃねえよ。お前シュークリーム買って来い。あれ人気店の高いやつだったんだぞ」

「『セイクリッド・ブレイクスペル』！」

俺の言葉には耳を貸さず、ダクネスに向け魔法を唱えた。

そして人を安心させるような笑みを浮かべ。

「これでもう大丈夫《だいじょうぶ》よ。呪いを掛けてきた相手が相手だった上に、遅効性の呪いだからいつもより解呪《かいじゅ》に時間が掛かるけど。しばらくは弱体化が進むと思うけど、二、三日も我《が》慢《まん》すれば呪いは解けるからね」

「おい。おいって。こっち向けよ、無視すんな」

アクアの言葉で安心したのか、ダクネスがほうと息を吐《は》き立ち上がる。

「そうか……。それなら良い、一時はどうなる事かと思ったが、それぐらいなら日常生活に支障もなかろう。では私は、今日のゴミ捨て当番の仕事を済ませてくる」

そう言って、近所のゴミ収集所に持っていくべく玄関《げんかん》にまとめてあったゴミ袋を……。

「……くっ。こ、この……っ！　はあ……はあ……。あ、あの、すまない……。誰か手伝ってはくれないか……？」

持ち上げようとして、申し訳なさそうな表情を浮かべた。

4

翌朝。

「……ねえカズマ。私、何だか変なんだけど」

「お前が変なのはいつもの事だが、一応聞こうか。一体何が変なんだ？」

俺はアクアの答えをなんとなく予想しながら。

「あのね？　昨日の夜から、何だかとても……」

ジャムの入った瓶《びん》を開けようと、四苦八苦しているダクネスを見ていたアクアは。

「くっ……！　ふ、蓋《ふた》が固くて開けられない……。ア、アクア、すまないのだが……」

「分かったわ、これを開けて欲しいのね？　ほら、開いたわよダクネス」

「ありがとう」

と、代わりに蓋を開けてやり。

「――何だかダクネスに、庇護欲《ひごよく》が湧《わ》くの」

……分からなくもない。

昨日にも増して筋力が弱体化しているのか、瓶の蓋すら開けられずにこちらを頼《たよ》ってくるダクネスは、日頃の頼りがいは欠片《かけら》もなくなり、なんというか、こう……。

「あの、すまないカズマ。紅茶を淹《い》れたいのだが、ポットが重くて……」

「分かった、任せろ。お茶ぐらい俺が淹れてやる」

困り顔を浮かべるダクネスに、俺とアクアは昨夜《ゆうべ》から、付きっきりで世話をしていた。

なんだろうこの感覚は。

緩《ゆる》やかな純白の部屋着を纏《まと》い、ティーカップより重い物も持てず階段を上るだけで息を切らせるその姿は、まるでひ弱な貴族令嬢《れいじょう》の様だ。

「どうもありがとう」

そんないつもとは違《ちが》うダクネスは、ティーカップに紅茶を注《つ》いでやるだけで実に嬉《うれ》しそうな顔で礼を言う。

なんだこれ、胸の奥がドキドキしてきた。

弱々しく放《ほう》っておけない感が、酷《ひど》く庇護欲を刺激《しげき》する。

……もうこのままでもいいんじゃないかな。

落とさない様にと両手でカップを持ち上げて、美味しそうにそれを啜《すす》るダクネスの姿に、俺だけではなくアクアも同じ気持ちを抱《いだ》いた様だ。

「ねえカズマ。私、今の弱ったダクネスを見てると、何だか気持ちがほっこりするの。このままでもいい気がしてきたわ」

「奇遇《きぐう》だな、俺も同じ事を考えていた」

「お、おい二人とも、一体何を言っている！」

と、いつもより大分時間をかけ、ダクネスがようやく食事を終えた、その時だった。

「おやダクネス。皆《みんな》にちやほやされてまた随分《ずいぶん》と良《い》い身分ですね」

先に朝食を終え、台所で食器を洗っていたらしいめぐみんが、広間に来るなりそんな事を。

「ち、ちやほやだなどと、私は別に……」

「これだけ皆に甘やかされておきながら、ちやほやされてはいないと言い張るとは！　まったく、ようやく食べ終わったのですか。今日の食器洗い当番は私です、洗い物が終わらないので早く食器を台所に持ってきてください」

小姑《こじゅうと》みたいな事を言いながら、めぐみんがダクネスを追い立てる。

慌《あわ》てたダクネスが食器を重ねて運ぼうとするが……。

「うう、お、重……」

「何ですか、まさかティーカップより重い物は持てないとでも言うつもりですか！　まったく、日頃はキリッとしていて強気で人を叱りつけるダクネスが、こんなに弱々しい姿を見せるだなんて私にどうして欲しいのですか！」

めぐみんが興奮に目を紅《あか》く輝《かがや》かせながら、ここぞとばかりにダクネスをいじり倒《たお》す。

こいつ前々から思っていたがSっ気があるな。

「ほらめぐみん、弱ったダクネスをからかいたい気持ちは凄《すご》く分かるが元《もと》に戻ったら逆《ぎゃく》襲《しゅう》されるぞ。食器ぐらいは俺が持っててやるから、ダクネスは休んで……。……お前はお前でなんでそんなに息が荒《あら》いんだ」

「い、いや、その。これはこれで悪くないというか……」

「お、お前……」

この二人は案外これで幸せなのかもしれない。

——昨日の調査依頼《いらい》の報告の件で、俺はダクネスと共に冒険《ぼうけん》者ギルドにやって来た。

「……というわけで、あの賞金首モンスターは呪いまで行使する様です。これが追加の情報になります」

早速《さっそく》ギルド職員を摑《つか》まえた俺は、ダクネスの弱体化の事を話し、賞金首モンスターへの情報を修正してもらっていた。

「追加情報をありがとうございます。これは、森への立ち入り禁止令だけではなく、接近禁止令も出しておいた方が良さそうですね。後ほどサトウさん達には追加報酬《ほうしゅう》が出ると思いますので、情報料の精算が終わるまでお待ちください」

追加報酬とはありがたい。

借金返済にまた一歩近付いた、そう思っていたその時。

「うおおおおお！　本当だ、ダクネスが弱くなってる！」

そんな驚《おどろ》きの声がギルド内に響《ひび》き渡《わた》った。

見ればダクネスを囲む様にして冒険者達の人集《ひとだか》りが出来ている。

そこでは、ダクネス弱体化の話を聞き付けた連中が、真偽《しんぎ》を確かめようと腕相撲《うでずもう》を挑《いど》んだらしい。

次々に勝負を挑まれ、片っ端《ぱし》から負けていくダクネスは、女魔法使《まほうつか》いにすら負けた事でテーブルに突っ伏していた。

「いやー、まさかこんな時が来るだなんてな！」

「本当だよ、ダクネスさんに勝てる日が来るとは思わなかったぜ！」

「おいダクネス、あんた硬《かた》いのとエロいのとバカ力な事だけが取り柄《え》なのに、大事な個性が一つ減っちゃってどうすんだ」

「ふふ、うふふふ……！　ダクネスさんに腕相撲で勝った……！　呪いで弱ってる時とはいえ、勝ったのは間違いないしね！　宿に帰ったら仲間に自慢《じまん》しよっと！」

俺は慌ててその人集りの中に割って入る。

「こらっ、あくまでも一時的に弱ってるだけだからな！　日頃頭の固いダクネスから説教食《く》らってる連中は、ここぞとばかりにからかいたい気持ちはよく分かるが、力を取り戻したら逆襲されるからほどほどにしとけよ！」

「お、お前までそんな風に思っていたのか」

それを聞いて少しだけ恨《うら》めしそうにこちらを見上げ、そして弱々しく突っ伏すダクネス。

「まあまあ。ほらダクネスさん、これはあたしからの奢《おご》りだからさ！　今日はクエストなんて請《う》けないでしょ？　さあグッとやって！」

そんな言葉と共に、先ほどダクネスに勝った魔法使いの女が、テーブルの上になみなみと酒が注がれたジョッキを置いた。

半ばヤケクソ気味になっているのか、ダクネスはそれを呷《あお》ろうと両手で掴むと——

「お、重くて飲めない……」

悲しそうな表情で、女魔法使いをジッと見上げた。

……思ったよりも弱体化が進行している様だ。

ダクネスに見上げられた魔法使いは、なぜかちょっとだけ顔を赤らめ。

「……あたしがジョッキ支えてあげるから。ほら、ダクネスさん大丈夫？　あっ、そんなに急いで呷ると零《こぼ》れるから……！」

そう言いながら、ダクネスが飲みやすい様にジョッキを支え過保護なまでに世話を焼く。

その姿を見ていた冒険者達が、何だか挙動不審《ふしん》に陥《おちい》った。

「なあ、俺、何だかおかしいんだが。ダクネスが普通《ふつう》の女の子っぽく見えてきた」

「お、俺もだ。相手はダクネスさんなのに、なんかこう、守ってやりたくなるって言うか」

冒険者達のそんな声がヒソヒソと聞こえてくる。

「ほら、あんた達向こう行きなさいよ、ダクネスさんにちょっかい掛《か》けるなら容赦《ようしゃ》しないわよ！」

「もう腕相撲勝負は終わりよ、見世物《みせもの》じゃないからね！　しっしっ！」

アクアと同じく庇護欲を刺激されたのか、女冒険者達に守られ始め。

「こうして見ると、ダクネスさんって綺麗《きれい》な金髪《きんぱつ》だし碧眼《へきがん》だし。なんだかお嬢様《じょうさま》みたいだよね。こうして尽《つ》くしてると、私、メイドさんになった気分なんだけど」

「そ、そうか？」

そんな、当のダクネスはどこか戸惑《とまど》いながらも。

「いつも真面目《まじめ》で逞《たくま》しいダクネスさんがこうも弱々しいと、普段とのギャップで母性本能が刺激されるっていうか……。もうちょっと甘やかしたくなるわね、これはズルいわ」

「あ、ありがとう……」

日頃《ひごろ》こんな扱《あつか》いを受けた事のないダクネスは、満更《まんざら》でもなさそうな顔でされるがままになっていき。

「あっ、カズマさん。ダクネスさんなら私達がちゃんと家まで送るから、先に帰ってもらっていいわよ」

やがて、なぜか俺が追い払《はら》われる状況《じょうきょう》になっていた。

……あれっ？

5

また一日が過ぎたその日の朝。

「ほらダクネス、あーんしなさいな」

「あ、あーん……」

周囲に甘やかされる事に慣れてきたダクネスは、母性本能に目覚めたらしいアクアに食事を食べさせてもらっていた。

尽くされるのに慣れてきたとはいえさすがにちょっと恥《は》ずかしいのか、ダクネスは顔を赤くしされるがままになっている。

そして、そんなダクネスを、ソファーで新聞を読むフリをして顔を隠《かく》し、目を紅く輝かせながら様子をうかがう異端児《いたんじ》が一人。

「……おい、アクアがおかしいのはいつもの事だけど、お前までどうしたんだよ」

「私だって戸惑っているのですよ。なんでしょうか、今すぐダクネスをいびり倒したいというこのいけない気持ちは。おかしな趣味《しゅみ》はないと自分では思っていたのですが、ダクネスの弱々しい姿は、どうも私の琴線《きんせん》を刺激するんです」

そんな、弱った獲物《えもの》を前にした野生の獣《けもの》みたいな事を言われても。

「……なあアクア。解呪《かいじゅ》に二、三日ぐらい掛かるって言ってたよな？　じゃあ、もうそろそろ呪《のろ》いは解けるんじゃないのか？」

「まあね。もういつ解けたっておかしくないけど、私としてはダクネスの世話するのが楽しくなってきたし、ずっとこのままでも良いんですけど。はい、あーん」

「うう……。皆に傅《かしず》かれるこの状況、嫌《きら》いではないのだが、やはり早めに呪いが解けて欲しい……」

情けなさそうに呻《うめ》くダクネスが、されるがままに口を開く。

アクアがバカな事を言っているが、このままの状態では俺が困る。

冬が明けたら稼《かせ》がなければならないのだ。

確かに今のダクネスは、弱体化の影響《えいきよう》か性格までも少し弱々しくなり、庇護欲《ひごよく》を刺激《しげき》する存在だ。

筋力が落ちているため俺達を頼《たよ》らざるを得ず、いつもの様に強気で説教するわけでもない。

そして元々は美人でスタイルもいいというのが相まって、こうしていると特に問題もない魅力《みりよく》的な女性に思えてくる。

……。

「なあ、どうにか呪いの継続《けいぞく》ってできないのか？」

「お前まで何を言っている！　どうしたんだ？　お前もアクアもめぐみんも、みんなみんなどうしたんだ！」

いつもぞんざいに扱われているため今の状況に慣れないのか、ダクネスは照れ隠しなのか怒《いか》りなのか、顔を赤くしたまま立ち上がり。

「まったく、こんなところにいられるか！　私は冒険者ギルドに行くぞ！」

そんな死亡フラグか前振《まえふ》りにしか聞こえない事を言っ……。

「……お前、昨日冒険者ギルドでちやほやされたからちょっと味を占《し》めただろ」

「しし、占めてない」

と、その時。

『緊急《きんきゅう》クエスト！　緊急クエスト！　冒険者の各員は、戦闘《せんとう》準備を整えて至急冒険者ギルドに集まってください！』

そんな、久しぶりに聞く緊急アナウンスが街中に響き渡った。


——弱体化し武具を装備できないダクネスを除いて、それぞれ戦闘準備を整えた俺達が冒険者ギルドに着くと、そこは混乱に陥っていた。

ギルド職員や冒険者達が右往左往し、ポーション等をかき集め、それを前衛職の者に配ったりと戦闘のための準備にいそしんでいた。

「あっ、サトウさん！　丁度良《い》いところに来てくれました！」

俺達が顔を出すなり、ギルド職員が駆《か》け寄ってくる。

「どうしたんです、この有り様は？」

俺の疑問に職員は。

「それが、先日サトウさん達が遭遇《そうぐう》した賞金首が街の近くに現れまして……！」

そんな、とんでもない事を言ってくれた。

「待ってください、アレが街の近くにですか⁉　私は爆裂魔法《ばくれつまほう》を食らわせたはずなのですが、もう回復したという事でしょうか⁉」

アレの呪《のろ》い発動と同時に撃《う》った爆裂魔法によほど自信があったのか、めぐみんが驚《おどろ》きの声を上げている。

「アレは、元は土の大精霊《だいせいれい》です。魔法にも強く、さすがの爆裂魔法でも一撃《いちげき》では仕留め切れなかったのでしょう。ですが、今なら……！」

続く職員の話によると、アレは酷《ひど》い手傷を負っているらしい。

むしろ、その傷のおかげで気が立って、街の近くまでやって来たのではという事だ。

「なら、もう一度めぐみんが魔法を食らわせられれば……」

「ええ、きっと仕留められると思うのですが……」

と、俺と職員の視線がめぐみんへと向けられるが。

「アレにもう一度、ですか……。正直、かなりおっかないのですが仕方ないですね」

そんな、いつになく弱気な事を言ってきた。

「普段後先考えずに誰《だれ》にでも喧嘩《けんか》売るお前が、怖《お》じ気づくだなんて珍《めずら》しいな？」

その、俺の言葉に。

「そりゃあ怖《こわ》いですよ。今は、ダクネスが弱体化してますからね。普段私が爆裂魔法に集中できるのは、何があってもダクネスが守ってくれると確信しているからこそですから」

めぐみんが、サラッと言った。

おそらくは、そのセリフが聞こえていたのだろう。

ギルドに来るなり他《ほか》の冒険《ぼうけん》者達から甲斐甲斐《かいがい》しく椅子《いす》を引かれ、満更でもなさそうだったダクネスが。

「……筋力が落ちて鎧《よろい》が身につけられないとはいえ、それでも他の冒険者より硬《かた》さは上だ。盾《たて》にはなれる」

そう言って。

俺達に向け、ここ数日の弱々しさが消えたいつも通りの頼《たの》もしい表情で、笑顔《えがお》を見せた。

それがきっかけだったのだろう。

「こんなに弱ってるダクネスさんが前に出るんだ、ここでやらなきゃ情けねえぞ！」

「ダクネスさんはあたしが守るから！」

「ハシも持てないダクネスさんが戦うって言うんだから、私だってやってやるわよ！」

鎧もなく、武器も持てないにも拘《かか》わらず戦う事を宣言したダクネスに、冒険者達が触《しょく》発《はっ》された。

そんな冒険者達の姿を見て、ダクネスが嬉《うれ》しそうにはにかんで……、

「みんな、ありがとう。この戦いが終わったら……」

「あら？　ねえダクネス、私のくもりなきまなこによると、どうやら呪いが解けたみたいよ？」

そう、アクアに告げられた。

「えっ？」

思わず聞き返したダクネスは。

「呪いが解けてるわね。それはもうサッパリと。力を入れてみなさいな、もう普段通りに出せるでしょう？」

そうアクアに言われるがまま、テーブルの端《はし》を握《にぎ》り締《し》め、力を込めると……。

「……今、ミシッていったな」

「テーブルから、鳴っちゃいけない音が鳴ったわね」

軽く引いている冒険者達に。

「こ、このタイミングで都合良く呪いが解けるとは、これもエリス様の加護というやつで……！」

気を取り直して拳《こぶし》を振り上げ、高らかに宣言するダクネスを遮《さえぎ》り、ギルドのドアがバンと音を立てて開けられた。

「おい、お前ら喜べ！　街の外に出ていたウィズ魔道具店の店主さんが、弱ってたアレに爆裂魔法を放って仕留めてくれたぞ！」

タイミングが良いのか悪いのか、どう判断していいのか分からないその声に。

「……えっ？」

ダクネスが、振り上げていた拳をそろそろと下ろし。

「なるほど、呪いを掛けていた本人が消えちゃったから、ダクネスの呪いも解けたのね。良かったわねダクネス、これでいつも通りに戻《もど》ったわよ！」

そんな、空気を読まないアクアの声で。

「よし、飲もうか」

「そうだな、今日もアクセルは平和で何もなかったって事で」

「あの、弱々しかった可愛《かわい》いダクネスさんはいなくなっちゃったかー……」

冒険者達が口々にそう言いながらダクネスの周りから離《はな》れる中。

「……なあカズマ。他に弱体化の呪いを行使できそうな大精霊を」

「討伐《とうばつ》にならいかないぞ」

世にも幸運な銀髪少女

1

それは俺達が魔王の幹部ベルディアを倒《たお》し、莫大《ばくだい》な借金を抱《かか》えてしばらく経《た》ったある日の事。

俺が、何か儲《もう》け話の一つでもないかとアクセルの商店街を歩いていると、見覚えのある人が見覚えのあるヤツに捕《つか》まっていた。

「ちょっと待って⁉　アクアさん、これにはわけが！」

「私をアクアさんって呼ぶところはなかなか見どころがあるけれど、あいにくと初対面の泥棒《どろぼう》を見過ごすわけにはいかないの。……あっ⁉　見て見てカズマ、お手柄《てがら》よ！　よくわかんないけど泥棒を捕まえたわ！」

そこにいたのは、褒《ほ》めてと言わんばかりのドヤ顔なアクア。

そして誰かの財布《さいふ》を手にしたクリスが、そのアクアに取り押さえられていた。

「おいアクア、放してやれよ。っていうか、その人は初対面の泥棒じゃなくお前だって一度は会ってる盗賊《とうぞく》、クリスだよ」

「……クリス？　そういえばいたわね、そんな人も。でも清く正しい聖職者である私としては、犯罪を見過ごすわけにはいかないの」

クリスの背中に乗っかったままのアクアが、そう言って財布に手を伸《の》ばす。

「待って待って、これは違《ちが》うんだってば！」

地面に押し倒されたままのクリスは、手にした財布を庇《かば》う様に、自らの懐《ふところ》に抱《だ》いていた。


「——つまり、こういう事か？　とある駆け出し冒険者がタチの悪い冒険者に無理やり勝負を吹《ふ》っ掛《か》けられ、その際財布を巻き上げられたと。それで、クリスが財布をスッて駆け出し冒険者に返してやろうとしたところを……」

「犯行現場を目撃《もくげき》した私が、その跡《あと》をつけて取り押さえたのでした！」

野次馬《やじうま》が集まってきたので人気《ひとけ》のない公園に場所を移した俺達は、クリスから事情の説明を受けていた。

それを聞き終えたアクアが、いまいちよく理解していないのか相変わらずのドヤ顔で胸を張る。

「お前、話をちゃんと聞いてたか？　クリスは不当に財布を巻き上げられた駆け出しのために、財布を取り返したんだぞ？」

その言葉にクリスがこくこくと頷《うなず》く中、急に真面目《まじめ》な顔をしだしたアクアが言った。

「バカねカズマ、たとえどんな事情があろうとも犯罪は犯罪よ。普通《ふつう》は駆け出し冒険者が財布を巻き上げられた時点で警察に相談するの」

なんだこいつ、普段バカな事しか言わないくせにいきなりこんな正論を。

「さあ、その財布を渡《わた》しなさい。この私が責任をもってその駆け出し冒険者に渡してあげるわ。そしてあなたはアクシズ教会に行って懺悔《ざんげ》するの。あなたが所有している穢《けが》れたお金を、すべて教会に寄付して悔《く》い改めなさい。そうしたら、今回だけは見逃《みのが》してあげるから……」

「ア、アクアさん……」

まるで聖母の様な慈悲《じひ》深い笑みを浮《う》かべ、財布を握っているクリスの手を取ると、両手でそっと包み込み……。

「……なあアクア。お前、なんでわざわざクリスの跡をつけて、しばらくしてから取り押さえたんだ？　事情も知らずに犯行現場を目撃したのなら、スッたその場で注意すれば良かったんじゃないのか？　そもそもお前、返すって言っても財布を盗られた駆け出し冒険者の顔知らないだろ」

俺の言葉にクリスとアクアが固まった。

「あ、あの、やっぱりあたし、この財布は自分の手で返しに……。ア、アクアさん？　その、あたしの手を包んでる両手に力がこもって痛いんだけど……」

「あらそう？　だったら早く手の中の財布を渡しなさいな。この手の痛みは悪い事をした罰《ばつ》だと思いなさい。もしかして聖職者である私を疑ってるの？　大丈夫《だいじょうぶ》、ちょろまかしたりなんてしないわ。道で拾ったって言ってちょっとお礼をもらうだけだから……。……放して！　この手を放して！　財布を寄越《よこ》さないのなら考えがあるわよ、お巡《まわ》りさんに言いつけてやるから！」

「この人最低だよ！　なんか、昔あたしが散々振り回された先輩《せんぱい》によく似てる！　名前も顔も凄《すご》く似てる！　こんな所にいるはずないのに！」

「それはさぞかし素敵《すてき》な先輩なんでしょうね！　カズマも少しでも借金返済がしたいのなら、この子の手を押さえて……痛い！」

財布を横取りしようとするアクアをはたくと、アクアは叩《たた》かれた後頭部を押さえながらキッとこちらを睨《にら》みつけ。

「何すんのよ借金ニート、これは犯罪者をたしなめる正義の行いなのよ!?　借金塗《まみ》れな今の状態で良《い》い子ぶってんじゃないわよ！」

「お前のやってる事も犯罪ギリギリだ！　っていうか借金ニートはやめろクソビッチ、お前が作った借金なのに、俺がもの凄いごく潰《つぶ》しに聞こえるだろうが！」

「バカねカズマ！　弱者から財布を巻き上げた冒険者と、その冒険者からさらに財布を盗《ぬす》んだクリスの罪が、この私への寄付という善行により許されるのよ!?　分かったら、さっさと財布を……」

アクアがそこまで言いかけて、ふとクリスがいた場所に視線をやると……。

「さすが盗賊、潜伏《せんぷく》スキルを使えるだけはあるな」

「あーっ！　あんたのせいで逃《に》げられたじゃないのよー！」

——せっかくの美味《おい》しい状況《じょうきょう》を逃がしたなどと、とても聖職者とは思えない発言をするアクアと別れた俺は、気を取り直して街をブラブラと歩いていた。

一通り商店街を散策した俺は、ここには儲け話はなさそうだと判断し、もういっそ怪《あや》しげな話でもいいので仕事はないかと、あまり人がいない路地裏をさまよっていたのだが……。

「ふはははは、残念でしたねっ!!　この私の眼《め》が紅《あか》いうちは、そうやすやすと犯罪を見過ごすわけにはいきませんよ！」

「待ってえええええ！　なんで⁉　あたし冒険者《ぼうけん》ギルドで運がいいって言われたのに、今日はなぜかこんなんばっか‼」

そこでは、またもやクリスが見覚えのあるヤツに捕まっていた。

2

両の瞳《ひとみ》を紅く輝《かがや》かせためぐみんが、クリスの背中にぴたりと張り付き伸《の》し掛かっている。

「待って待って、ちょっと待って！　お願い、これにはちゃんとしたわけが！」

「盗みの理由など今更《いまさら》聞くまでもありません、さあ、先ほどの店で懐に入れた物を出すのです！　そうすれば寛大《かんだい》な私としては今回に限り見逃して……痛い！」

俺はめぐみんの背後に忍《しの》び寄り、その頭をはたいてクリスから引き剝《は》がす。

「お前らはちょっと目を離すと何かしないと気が済まないのか。トラブルを起こすのは一日に一人だけにしてくれよ」

「何を言っているのか分かりませんが、私はトラブルなど起こしてませんよ！　この万引き犯を取り押さえただけですから！」

引き剝がされためぐみんは、そう言ってクリスを指し示した。

「ち、違うから！　これにはわけが……」

クリスはよろよろと立ち上がると、懐から石を取り出す。

取り出されたその石は、見ていると引き込まれそうな輝きを放っている。

先ほどまでアクアやめぐみんに取り押さえられ泣き喚《わめ》いていた人物とは思えないほど、真面目な顔をしたクリスは言った。

「これは魔王の血《デーモンブラッド》と呼ばれる邪悪《じゃあく》な力が秘《ひ》められた宝石。駆け出しの街にあっていい物なんかじゃないんだよ」

——なんだかデジャブを感じるが、近くの公園へと移動した俺達は、クリスから事情を聴《き》いていた。

「つまり、それは持っているだけで災《わざわ》いを呼ぶ石って事なのか？」

「そういう事。正確には、所有者の運を低下させる石なんだけどね。権力争いをしている貴族なんかが、陥《おとしい》れたい相手に贈《おく》ったりする呪《のろ》いのアイテムなんだよ」

俺はクリスの説明を聞きながらその石に視線を向けた。

そこには、黒い石を布で磨《みが》きながら顔をほこほこさせているめぐみんが。

「でも、それならわざわざ盗まなくても店主に説明すれば良かったんじゃないのか？　宝石店の店主だって、呪いのアイテムって聞けば手放すだろうに」

俺のそんな疑問に、だがクリスは首を振《ふ》る。

「もちろん説明したんだけどね。そうしたらその店主さんは、とある貴族に頼《たの》まれてわざわざ入荷《にゆうか》した物だからほっといてくれって言い出して……」

なるほど。

その店主は宝石が呪いのアイテムだと知った上で、それが悪用されかねないにも拘《かか》わらず仕入れてきたのか。

「それで、どこぞの貴族の悪巧《わるだく》みを潰そうと石を奪《うば》ったと」

「そういう事。別にお金のためにこれを盗み出したわけじゃないんだよ。それにあたしは盗賊職だから、こう見えて運は凄く良いからね。この石を持ってたぐらいじゃそうそう不幸な事は起きないよ」

……うーん。

さっきのスリも今回のこれも犯罪といえば犯罪なんだが、事情を知ってしまうとどうしたものかと悩《なや》んでしまう。

クリスも、これが犯罪だという事は自覚しているのだろう。

申し訳なさそうな表情で、未《いま》だ石を眺《なが》めているめぐみんに手を差し出した。

「そんなわけだから、その石を……」

「お断りします」

今までの説明をちゃんと聞いていなかったのか、めぐみんが石を抱《だ》き締《し》め即答《そくとう》する。

「おい、それは持ってるだけで不幸になるんだぞ？　俺達はただでさえついてないんだ、そんなもんどっかに捨てちまえよ」

俺はそう言って、めぐみんから石を取り上げようとするが……。

「嫌《いや》です、石の名前が魔王の血《デーモンブラッド》だとか、この輝くような黒だとか、こんな宝物を見付けて手放す事など考えられません。呪いのアイテムというところもポイントが高いですし、それに私達はこれ以上不幸になんてなりませんよ。ここまできたら行くところまで行こうじゃないですか」

「お前は何を言っているんだ。これ以上の不幸だって起こり得るんだよ、俺がポックリ死んだりだとか！　こらっ、いいからそれ寄越せ！　こ、こいつ、魔法使《まほうつか》いのくせにどうしてこんなに握力《あくりょく》があるんだよ！」

「私の握力が強いのではなくカズマが貧弱なんですよ、というかこれは、前々から目を付けていた品なのです！　誰《だれ》にも渡しませんよ！」

めぐみんはそんな事を叫《さけ》びながら、石を抱き締め地面にうずくまり亀《かめ》の子の様に丸くなる。

前々から目を付けていた……？

「お前、そういえばクリスがこれを万引きした瞬間《しゅんかん》じゃなく、あんな路地裏で取り押さえてたのは、クリスからこれを巻き上げる事が目的だったんだな！」

「ええっ⁉」

俺の言葉にクリスが驚《おどろ》き、めぐみんは丸くなったままで顔だけを上げ、不敵な笑《え》みを浮かべてみせた。

「ふふ、さすがはカズマですね。そう、すべてはこの私の計画されし策略！　今日も今日とて店の主人に嫌がられながらショーウィンドに張り付いてこの石を眺めていたところ、挙動不審《ふしん》なクリスを見かけたので、私と同じくこの石の輝きに心を奪われたに違《ちが》いないと……」

「違うよ、あたしは石の輝きなんてどうでもいいよ！　紅魔族と一緒《いっしょ》にしないで！」

丸くなっているめぐみんにクリスが張り付き、その体をゆさゆさと揺《ゆ》さぶる中、

「そう、そこでクリスがやらかすのをそっと見守り、盗みを働いた事を告げ口されたくなくば、この石を寄越せと交渉《こうしょう》を……！」

「アクアに続いてお前もかよ！　お前らはどうしてそうタチが悪いんだ！　お前らがやっ

てる事も犯罪なんだよ！」

　俺とクリスはめぐみんから石を取り上げようとするが、二人がかりでもめぐみんは頑《がん》として動かない。

　やがてそんな騒《さわ》ぎを聞きつけたのか、数人の野次馬《やじうま》が集まってきた。

　この防御《ぼうぎょ》形態はそれを見越《みこ》しての事だったのか、めぐみんが突然《とつぜん》叫《さけ》ぶ。

「誰かー！　どなたか人を呼んでください！　この男が私の大切な物を奪おうと！」

「お、お前ってやつは！」

　なりふり構わず叫び出しためぐみんに、周囲の野次馬が騒ぎだす。

「あいつ、噂《うわさ》のパンツ脱《ぬ》がせ魔じゃないのか？」

「そうだ、パンツを脱がした挙げ句にそれを逆手に取って金まで奪う鬼畜《きちく》男だ！」

　間違ってはいない周囲の声に俺は思わず挫《くじ》けそうになる。

「くそっ！　クリス、ここはマズい、撤退《てったい》するぞ！」

「ええっ!?　あ、あたしも逃げるの!?」

「当たり前だろ、むしろ俺は逃げる必要なんてどこにもないんだぞ！　警察が来て困るのはお前だろうが！」

　俺とクリスは集まってきた人混《ひとご》みを掻《か》き分けて、勝ち誇《ほこ》った表情を浮《う》かべるめぐみんの前から逃げ出した。

3

……一体どうしてこうなったのか。

俺とクリスは入り組んだ路地裏を進みながら追手を撒《ま》こうと走り回っていた。

「ねえ、あたし昔から運が良《い》いはずなのにどうしてこんな事になってるの⁉　キミ達が関《かか》わってくると、パンツ剝がれたりこうして追い掛《か》けられたりと、いつもロクでもない目にしか遭《あ》わないんだけど！」

「パンツの件はクリスが勝負を挑《いど》んだからだし、追い掛けられてるのはそれこそクリスが窃盗《せっとう》をやらかしたからじゃねーか！　っていうか、よく考えたら俺まで巻き込まれるいわれはないぞ！」

そうだ、俺はなぜ一緒に逃げているんだ。

罪を犯《おか》したのはクリスであって、俺は何もしていない。

それに気付いた俺は、ふと足を止めようと……。

「ねえ、まさか今更一人だけ逃《のが》れようとか考えてないよね？　あたし達の出会いはそんなに安っぽいものじゃないし、熱い友情で結ばれた仲間だよね!?」

「スキルを教えてもらっただけの出会いだったし、熱い友情も何もあれから今までどこかで会った事もないじゃねーか！　ちょっ、俺まで共犯者に思われるから引っ張るな！」

この場から立ち去ろうとするも、クリスが腕《うで》を摑《つか》んで放さない。

と、その時。

「おい、こっちの方から声がしなかったか？」

「……そうか？　一応見ておくか」

そんな声が聞こえたと同時、俺とクリスは路地の暗がりに身を伏《ふ》せると、潜伏《せんぷく》スキルを発動させた。

「ん？　……おかしいな、確かに声がしたと思ったんだが……」

通りの角からこちらをうかがい首を傾《かし》げる警察官。

と、何を思ったのかクリスが小さく声を上げた。

「に、にゃー」

この場で猫《ねこ》の真似《まね》は無理があるだろ！

「なんだ、ネロイドか」

「路地裏にはよくいるからな。捕《つか》まえて小遣《こづか》いにしたいとこだが、今は仕事中だ。ほっとこう」

そんな事を言いながら、二つの気配が去っていく。

「……なあ。この街でたまに聞くんだけど、ネロイドってなんだ？　飲むとシャワシャワするとか聞いてたから炭酸か何かだと思ってたんだけど生き物なのか？」

「ネロイドはネロイドだよ。路地裏に潜《ひそ》んでにゃーと鳴き、飲むとシャワシャワする謎《なぞ》の生き物だよ」

俺の中のネロイドへの謎がますます深まる中、クリスがホッと息を吐《は》き。

「それにしても今回は危なかったよ。でもいつもの仕事よりスリリングで、ちょっとだけ楽しかったな」

そう言って、ニカッと屈託《くったく》なく笑いかけてきた。

「……っていうかクリスはいつもこんな事やってんのか？　こういった、世直しみたいな事をさ」

窃盗という行為《こうい》自体は褒《ほ》められたものではない。

ないのだが、司法が動けないケースもある。

そう考えると、クリスがやっている事を一概《いちがい》に責める事もできないわけで。

「そうだねー。ダクネスがキミのパーティーに入ってからは特に冒険《ぼうけん》に出なくなったから、街中でこういった事ばかりしてるかな。……なんていうか、駆《か》け出し冒険者を見るとほっとけないんだよね」

そういえば、俺がスキルを覚えられないかと困ってた時もクリスから声をかけてくれたんだったな。

案外こいつは面倒見《めんどうみ》の良いやつなのかも……。

「……いやいや、良い話で終わらすところだった。よく考えたら俺にスキルを教えてくれた時、いきなり勝負を吹《ふ》っ掛《か》けて有り金巻き上げようとしてたよな。さっきクリスは、駆け出し冒険者がタチの悪い冒険者に無理やり勝負を吹っ掛けられて財布《さいふ》を巻き上げられたって言ってたけど、それって俺に同じ事してないか？」

「さーて。少しは警戒《けいかい》も緩《ゆる》んだだろうし、そろそろ場所を移そうか。さっき言ってた被害《ひがい》に遭った駆け出し君に財布を返したら、ちょっとしたお礼をもらっちゃってね。今日はあたしが奢《おご》るから、これからクリムゾンビアでも飲みに行こう！」

「おい、奢ったぐらいじゃごまかされないぞ！　俺だってか弱い駆け出し冒険者だっただろ！　そんな相手から財布奪っておいて反省もないのかよ！」

「キ、キミにパンツ剝《は》がれたから懲《こ》りたんだよ！　あの事はあんまり思い出させないで！」

——クリスが奢ってくれるというので冒険者ギルドに場所を移した俺達は、昼間にも拘《かか》わらず飲んだくれていた。

「ぷあーっ！　昼間から飲むお酒は格別だよね！」

「ダメ人間の発言だなあ。いやまあ、俺もそう思うけどさ」

この世界に来てからというもの、お酒の味を覚えてしまった俺は昼間から飲む楽しさにすっかりハマってしまっている。

お酒を飲むのは自己責任。

結婚《けっこん》可能な年は十四から。

こういった、法律や条例のおおらかなところは、異世界に来て良かったと思える事の一つだ。

口元に泡《あわ》を付けたクリスが美味《うま》そうに冷えたクリムゾンビアを呷《あお》る中、俺もつられて酒を呷った。

「こう見えて、あたしは普段《ふだん》は真面目《まじめ》に働いてるからね。たまにはこうして羽目を外したい事もあるのさ」

「おいクリス、今日は一日人様から盗《ぬす》みまくってたくせに、真面目に働いてたとか言いやがるのか」

「そ、それはまた別件だよ。今日の事は羽を伸《の》ばすための趣味《しゅみ》っていうかね！」

慌《あわ》てながらそんな事を言うクリスに、俺がうさん臭《くさ》い者を見る目を向けていたその時だった。

「あーっ！ よりにもよってこんな所にいたのね！ しかも、この私を差し置いて二人で昼間からお酒を飲んでるだなんて良い身分ね！」

突然の大声にそちらを見れば、そこには、なぜかあちこちを泥《どろ》だらけにしたアクアの姿が。

「お前、今まで何やってたんだよ」

「何やってたも何もないわよ、そこにいる犯罪者を捕まえようとあちこちさまよってたんじゃないの！」

「ちょっ、アクアさん！ 声が大きい！」

クリスが慌てて立ち上がり、アクアに駆け寄り口を塞《ふさ》ぐ。

だがアクアは、その手を鬱陶《うっとう》しそうにグイと除《の》け。

「声が大きいも何もないわよ、あなたを捜《さが》していたせいで、うっかり人の家の庭に入って犬に追い掛けられるわ、泣いて逃《に》げてたら転んだ挙げ句に泥だらけになるわで散々だったんだからね！　腹いせに今からお巡《まわ》りさんを呼んで……。あっ、何よこの手は！　ちょっとカズマまで何すんのよ、あんた達、この手を放しなさいな！」

4

キンキンに冷えたクリムゾンビアを一気に呷り、アクアが幸せそうに息を吐く。

「ぷあーっ！　昼間から飲むお酒は格別よね！」

誰《だれ》かと似た様な事を言いながら、俺達の前にあったつまみを食べる。

そんなアクアに対し、嬉《うれ》しそうな顔でクリスが言った。

「そうそう、アクアさんは良い事言うなあ！　日頃《ひごろ》真面目に働いてると、こうしてたまに羽目を外すのが楽しいんだよね！」

「分かってるじゃないクリス。そう、昼間から飲むお酒っていうのは毎日頑張《がんば》っている自分へのご褒美《ほうび》なの。聖職者ってのはね、常に人々の見本でいなくちゃならないから特に神経を遣《つか》うの。いつも肩肘《かたひじ》張《は》ってたら疲《つか》れちゃうわよね」

「聖職者だってたまには羽を伸ばすべきですよね、分かります、分かりますとも！」

日頃からちっとも頑張っていない聖職者の言葉に、なぜか深い共感を覚えた様にクリスは何度も頷《うなず》きながら。

「すいませーん、こっちにキンキンに冷えたクリムゾンビアを二つー！」

「あと、カエルのから揚《あ》げを二人前追加してね！」

ギルドの厨房《ちゆうぼう》にそう注文すると、負けじとアクアも追加を頼《たの》んだ。

――クリスを通報しようとしたアクアは、財布を返した際に駆け出し冒険者からもらったというお礼に釣《つ》られ、アッサリと陥落《かんらく》した。

そして現在、三人で飲んだくれているのだが……。

「それにしても、こうしてクリスとちゃんと話をするのは初めてだけどあなたってなかなか見どころがあるわね。エリス教徒なのが残念よ、無宗派だったのならアクシズ教に勧誘《かんゆう》していたところだわ」

「いやー、アクアさんこそなんていうか、最初こそあたしの苦手な先輩《せんぱい》そっくりだなって思ってて、どことなく近付き辛《づら》かったんですけど……。こうして話してみると、全然似てないなって思いました！」

最初こそ言い争っていた二人だったが……。

「こんなに愛想《あいそ》の良《い》いクリスが苦手にしている先輩だなんてよっぽどね。もしその人がここにいたら、私が叱《しか》ってあげるところよ？」

「いやあ、アクアさんは優《やさ》しいなあ。あたしの先輩に、アクアさんの爪《つめ》の垢《あか》を飲《の》ませたいとこですよ」

今ではこうして、すっかり意気投合してしまっていた。

二人はカエルのから揚げをパクつきながらぐいぐいと杯《はい》を重ねていく。

アクアが酒好きなのは知ってたが、クリスも大概《たいがい》だなあ。

「私こそクリスの事を誤解していたわ。あなたってばカズマからお金を巻き上げようとした新人狙《ねら》いの盗賊《とうぞく》かと思ったら、こんなにも善良な子だっただなんて。窃盗《せっとう》は悪い事だけれど、それが不当な手段で奪《うば》われた物を取り返すためなら、安易に悪行とも呼べないわね」

「ありがとうございます。いやあ、最初に取り押さえられそうになった時は、アクアさんって悪を許さない真面目で堅い聖職者かと思ったら、実は物分かりが良い優しい人で安心

しました！」

ほんのりと頬《ほお》を赤くしたクリスが、楽し気にそんな事を。

アクアが真面目な聖職者だとか、こいつをよく知らない人からすればそう見えるのか。

「私はとっても柔軟《じゅうなん》よ？　私の後輩に、規則は絶対破っちゃだめだって口うるさく言う頭の固い子がいるけれど、その子にクリスの柔軟さを分けてあげたいところだわ」

「アクアさんにそんな事を言うだなんてとんでもない人ですね。アクアさんくらいの柔軟な考えの方が、聖職者としては丁度いいんですよ。人は自由が一番です。固くて真面目なのは世界の管理だなんて大切な仕事を担《にな》う、女神《めがみ》だけで十分なんです」

「私は女神ですらも自由に羽伸ばしたっていいと思うんだけど、クリスってばよく分かってるじゃないの。本当にあなたが私の後輩になってくれないかしら。そうよね、規則規則じゃ息が詰《つ》まっちゃうものね。その子ってば真面目過ぎるものだからついつい私も心配になって、美味《おい》しいお酒の飲み方だとか、私の管理していたところに伝わる、怪盗《かいとう》のお話を教えてあげたりしたんだけれど……。今頃はどうしてるのかしらねえ……」

アクアが遠い目をしながら嬉し気に。

というかこの二人は、さっきから俺が口を挟《はさ》む間もないぐらいに息が合っている。

まるで、俺が知らないところで長い付き合いがあったかの様だ。

5

俺達がしばらく飲んだくれて、すっかり和《なご》やかな雰囲気《ふんいき》になってきたその時だった。

「あっ！　あの人ってクリスが財布をスッた人じゃない？」

アクアがそう言って指した先には、この街では初めて見る顔の、なんだか柄《がら》の悪そうな、そして新品の装備の割に、どことなく駆《か》け出しとは思えない身のこなしの冒険《ぼうけん》者。

酒場での情報収集は基本だと思っている俺は、なんだかんだでこの街の冒険者とはそこそこ交流もあり、所属している連中の顔は大体覚えている。

だが、不機嫌《ふきげん》そうに酒を呷るその男の事は記憶《きおく》にない。

おそらくは、最近他《ほか》の街から越《こ》してきたのだろう。

と、一体何を思ったのか、アクアが突然《とつぜん》立ち上がる。

「さっきはあの人が被害者《ひがいしゃ》なのかと思ったけれど、クリスから事情を聞いて考えが変わったわ！　良い事クリス、まあ見てなさい？　この私が、今から聖職者らしくあの冒険者をとっちめてあげるから！」

「えっ!?」

酒が入っている上にクリスに褒《ほ》められ気が大きくなっているのか、アクアはそんな事を言いながら男の下《もと》へ歩いていく。

「ね、ねえキミ、アクアさんを止めなくてもいいの？」

「大丈夫《だいじょうぶ》、ほっとけばいいよ。どうせ一方的に絡《から》んだ挙げ句、逆に相手に説教されて泣いて帰ってくるだろうから」

「それってちっとも大丈夫じゃないよ！」

俺とクリスが言い合ってる間にアクアが男の前に立つ。

いぶかし気に見上げてくる男に向けて、アクアは腕《うで》を組んで言い放った。

「ちょっとあんた、この街じゃ見ない顔ね！　私はアクア。この街で私を知らないなんて言ったなら、モグリのよそ者だと馬鹿《ばか》にされる事請《う》け合いの、アークプリーストのアクアさんよ！」

突然の大声にギルド中のみんなが雑談を止《や》めて注目するが、騒《さわ》ぎの主の姿を見て、いつもの事だと話に戻《もど》る。

いきなり現れたアクアと周囲の反応に、その冒険者は戸惑《とまど》いを見せる。

だが……。

「ちょっと小耳に挟んだんだけど、あなたは駆け出しばかりのこの街で、特に弱っちそうな子を狙って無理やり勝負を吹《ふ》っ掛《か》けてるみたいね！」

続くアクアのその言葉に、男は不敵な笑《え》みを浮《う》かべた。

「おいおい、誰に聞いたのかは知らないが、そりゃあ言いがかりってもんだろ。俺はちゃんと相手の同意は得てるんだぞ？　それに、だ。むしろ俺は、ひよっ子連中に有利な条件で勝負をしてやってるんだ。勝負事なんて自己責任。一旦《いったん》勝負を受けておいて、負けたからってそんな噂《うわさ》を流すだなんて酷《ひで》え話だろ」

言いながら、おどけた様に肩《かた》を竦《すく》めて酒を飲むその男を見てアクアの眉《まゆ》がキリキリ上がる。

「同意だか条件だか自己責任だか、そんな難しい事言って煙《けむ》に巻こうだなんてそうはいかないわよ！　よくわかんないけどあんたが悪いの！　だってあなたの見た目ってなんだか胡散臭《うさんくさ》そうだもの！」

「いきなりなんだこの女は、人を見た目で悪だと決めるとか、あんた理不尽《りふじん》過ぎるだろ！　もうちょっと論理的な事が言えないのかよ！」

「なんですって、論理とか難しい事ばっか言ってくれちゃってもごまかされないわ！　人を見る目は確かな私が言うんだから間違《まちが》いないわ、これはくもりなきまなこを持つ女神の勘《かん》よ！」

「もういい、とっとと向こう行け！　俺の勘と敵感知スキルがお前とは関《かか》わるなって訴《うった》えてるんだよ！　何が女神だバカバカしい、あっち行かないならピーナッツ投げつけんぞ！」

冒険者に追い払《はら》われ、アクアが涙目《なみだめ》で帰ってきた。

「ほらなじゃないよ、アクアさんが泣かされちゃったじゃない！」

「……ほらな？」

涙目のアクアが俺の肩を摑《つか》みゆさゆさと揺《ゆ》さぶってくる。

「ねえカズマ、あの人に言い負かされたんだけど敵《かたき》を討《う》ってよ！　あの人ってば難しい事ばかり言って言い訳するの！　カズマさんてば弱くてちっとも頼《たよ》りにならないけど、小賢《こざか》しいニートなだけあって口先は誰にも負けないでしょう⁉」

「お前、あの冒険者だけじゃなく俺にまで喧嘩《けんか》売ってるのか？」

泣き喚《わめ》きながら縋《すが》るアクアに俺は、それならばと案を出す。

アクアの耳元で俺が案を教えてやると、ふんふんと頷きながら再び男の下へと向かっていった。

「──さっきはよくもこの私を煙に巻いてくれたわね！　ちょっとばかし頭の方は回るみたいだけど、今度はそうはいかないわよ!?」

「あんた、また来たのか……。もうこのピーナッツやるから帰ってくれよ」

アクアは男から差し出されたピーナッツの皿を受け取り、それをポリポリ頬張りながら。

「ほうはひかないわ、こんろは私とひょうぶしてもらうわよ」

「……人のつまみを貪《むさぼ》った上に勝負吹っ掛けようってか？　あんた本当に聖職者か？　いや、まあ勝負自体は構わねえが……」

若干《じゃっかん》引き気味になりながらも、男はその勝負とやらに自信があるのかアクアの挑戦《ちょうせん》を受けて立つ。

「ねえキミ、アクアさんは大丈夫なの？　あの男の人、駆け出しじゃないみたいだけど。なんの勝負をするのか分からないけど、相手の方が有利なんじゃない？」

普通《ふつう》に考えるのならそうだろう。

だが……。

「心配ないさ。実はあいつ、ああ見えて知力と運以外のステータスは……」

と、俺がそこまで言った、その時だった。

「勝負の内容は一発勝負の運試《うんだめ》し。サイコロを振《ふ》って、一から四までの数字が出たらあんたの勝ち。五か六が出たら俺の勝ちだ。どうだ、そっちに有利な条件だろう？　たとえ相手が駆け出しでも、運ならレベル差もあまり関係ねえ」

これはいけない、高確率でアクアが負ける。

「なるほど、あの勝負なら確かにアクアさんが有利だね」

「いや、予定が変わった。アクアの負けだ」

あいつは知力と運のステータスがとても低いのだ。

「えっ!?　いやいや、アークプリーストは盗賊職並みに運のステータスの伸《の》びが良い職業だよ？　あの冒険者は見たところ盗賊職みたいだけど、それでもあの条件ならきっと負ける事なんて……」

クリスがそんな事を言ってくるが、それがいよいよフラグになった。

人様に期待されるだなんて、これで相当な高確率でアクアが負ける。

「……ふふん、なるほどね。あなたはそんな身なりをしてるけど、実はかなり高レベルな冒険者ね？　大方、他の街で何か悪い事でもやらかしていられなくなったんでしょう。そして高いステータスを活《い》かし、少しばかり自分が不利な条件で勝負を吹っ掛け、低ステータスの冒険者からお金を巻き上げる！　つまりはそういう事なのね⁉」

自信満々なアクアの宣言に、男は悔《くや》し気に顔を歪《ゆが》めて言った。

「くっ……。この街に来たばかりだってのに、もう見破られちまったのか。しょうがねえ、別の街に……」

「まあ、そんな事はどうでもいいわ！　ほら、サイコロを出して！　勝負の用意を早くして！」

「……は？」

アクアは男の正体を見抜《みぬ》いたにも拘《かか》わらず、勝負を続行しようとする。

俺は堪《たま》らずアクアに近づき。

「おい、ここはそいつの手口を看破した事で、このまま追っ払《ばら》って一件落着の流れだろ。お前はなんで勝負を挑《いど》んでるんだよ」

「バカねカズマ、せっかく相手の手口が分かったのよ？　いい？　昔の偉《えら》い人が言ってたわ、敵を知れば百回ぐらい戦っても高確率で勝てるって」

それは、彼を知り己《おのれ》を知れば百戦殆《あや》うからず、だ。

その言葉に従うのなら、お前は自分の実力を知るべきだ。

と、俺とクリスは今更《いまさら》止められない状況《じょうきょう》になっている事に気が付いた。

辺りにいた冒険者《ぼうけん》達が、騒ぎを聞き付けすっかり野次馬《やじうま》と化していたのだ。

というか、すでにどっちが勝つかで賭《か》け事までなされている。

「よし、それじゃあ勝負を始めるか。賭ける物は互《たが》いの財布《さいふ》の中身だ。そしてもう一度ルールを説明するが、勝負はサイコロを振って出た目で決める。一から四までが出たらあんたの勝ち。五か六が出たら俺の勝ちだ。なんならサイコロを検《あらた》めてもらってもいいぜ」

「この私の確かな目が、サイコロにイカサマなんて仕込んでいないと言っているわね。さて、他にルールや禁止事項《じこう》はないのかしら？」

「ああ、他には特には……」

と、男が言いかけたその時だった。

「そう、他に禁止事項はないのね！　それじゃいくわよ、『ブレッシング』！」

「あっ！　こ、こいつっ！」

男から確認《かくにん》を取ったアクアが一時的に運を上昇《じょうしょう》させる魔法《まほう》を唱える。

それを見ていた目の前の男はおろか、野次馬達からですらブーイングが。

「おい、アクアさんそりゃあ汚《きたな》いぞ！」

「俺はあんたが負ける方に賭けてんだ、堂々と勝負しろよ！」

「うるさいわね、外野が一々騒がないで！　それに、ここはよそから来た冒険者じゃなく私を応援《おうえん》するとこでしょう!?　私を応援しないのならあっちへ行って！　それでも見物するっていうのなら、お金を取るわよ！」

野次馬と喧嘩を始めたアクアの姿に、クリスが表情を引き攣《つ》らせながら、何事かを呟《つぶや》いていた。

「……やっぱり先輩《せんぱい》っぽいなとさっきからずっと思ってたけど、これは違う。うん、いくらなんでも違うよね。これは違う……」

そんなクリスの呟きを尻目《しりめ》に、俺は野次馬冒険者達が行っていた賭けに参加する。

「アクアの負けに一万エリスで」

「何でよー！　ここは私に賭けるとこでしょう!?　いいわ、見てなさい！　私が勝ったあかつきには、賭けの胴元《どうもと》をしてる人から一割ほど徴収《ちょうしゅう》するからね！」

とことんまでセコい事を言う自称《じしょう》女神《めがみ》が、自信満々のドヤ顔でサイコロを握《にぎ》って宣言する。

先ほどのブレッシングによるズルとこの発言で、ボーナス確定の鉄板だ。

「さあいくわよ！　ほーら、私の負け……。なんでよー!!」

案の定負けたアクアに対し、冒険者達が罵声《ばせい》を飛ばした。

「あんたブレッシングまで使ってなんで負けるんだよ！」

「どれだけ日頃《ひごろ》の行いが悪いんだ、期待した気持ちを返せよ！」

「うるさいわね、勝手に賭けて負けたからって私に文句を言わないでよ！　……わあああああ、私の財布ー！」

アクアが他《ほか》の冒険者に食って掛かっている間に、対戦相手の男がテーブルに置かれていた財布を手に取った。

「まあ、おかしな小細工をしてくれた時はビビったが残念だったな。約束通り、この財布は……っておい、三百エリスしか入ってないじゃねーか！　お前ふざけんなよ、こんな額で勝負なんて吹っ掛けやがって！　いくらなんでももう少し持ってるだろ!!」

「私は借金持ちなんだからそれが正真正銘《しょうしんしょうめい》の全財産よ！　それより約束通り財布の中身はあげるから、そのお財布は返してよ！　ファンタジーな冒険者の格好には似合わないから私に頂戴《ちょうだい》って言って、カズマさんからもらった日本製の財布なんだからね!!」

財布を取り返そうとするアクアの言葉に、男は改めてそれを見た。

「……へえ。ファンタジーとかニホンってのは意味が分からないが、この財布は珍《めずら》しいな。しょうがねえ、これで勘弁《かんべん》してやるよ」

「賭けたのは財布の中身でしょう⁉　嘘吐《うそつ》き！　ルールに則《のっと》らない勝負だなんて無効よ無効！　財布まで持っていこうっていうのなら、これは単なる強盗《ごうとう》だし三百エリスも渡《わた》さないわよ！　返してよ！　さもないと、あんたの寝泊《ねと》まりしてるところに鉄板と鉄下駄《てつげた》持って、夜通しタップダンスを踊《おど》るわよ！」

「妙《みょう》な嫌《いや》がらせは止《や》めろ！　それに、ルールに則らない勝負だとか、ブレッシングまで使ったお前が言うんじゃねえよ！」

財布を巡《めぐ》って争う二人。

俺はため息を吐きながら、また厄介《やっかい》ごとに巻き込まれた事に首を振る。

そして男の前に出ると。

「おい、次は俺と勝負しないか？　あんたが賭けるのはその財布だ。今度はブレッシングなんて使わない。……どうだ？」

俺はそう言って不敵に笑い、アクアの後始末をするべく財布を出した。

男はどこか警戒《けいかい》する様に俺を見ると、おもしれえと小さく呟く。

「この街は駆《か》け出しの街だって聞いたんだがな。お前みたいなのもいるって事か」

男はそう言って不敵に笑い……。

「いいぜ、その勝負、受けようじゃねえか。それじゃあ念のために財布の中身を……。って、お前も八百エリスしか入ってねえじゃねーか！　揃《そろ》いも揃ってバカにしてんのか!!」

中身を確認した俺の財布を床《ゆか》に向かって叩《たた》き付けた。

「おい、そこで中身を確認するだなんてどこまで無粋《ぶすい》なんだよ、ここは堂々と受けるとこだろ」

「まったくね。ちょっとは空気ってものを読めないのかしら」

普段空気を読まないヤツにまでそんな事を言われ、男が顔を赤くする。

「もういい、この財布は絶対に渡さねえ。なんなら裁判沙汰《さいばんざた》になったって渡さねえ。お前らにだけは渡さねえ！」

「どうしようカズマ、この人結構大人げないわ！」

「くそっ、面倒臭《めんどうくさ》いヤツに関《かか》わっちまったな……」

「金もないクセに絡《から》んできた、お前らが言うなよお！」

俺達が、どうにか財布を取り返せないかと悩《なや》んでいると。

「……ねえ、あたしと勝負しない？」

それまで黙《だま》っていたクリスが言った。

それを受けた男は胡散臭《うさんくさ》い者を見る目をクリスに向ける。

「見た感じ、あなたは盗賊職《とうぞく》でしょう？　あたしも見ての通り盗賊職。なら、もちろんスティールは使えるよね？」

その言葉に、男が小さく頷《うなず》くと。

「なら、互いにスティールを掛《か》け合う勝負はどう？　あたしはちゃんとお金を持ってるし、それ以上の物もここにある」

クリスは、腰《こし》に下げていたダガーを見せて。

「当たりはこのマジックダガー。こいつは四十万エリスは下らない逸品《いっぴん》だよ。……さあ、あたしと勝負しない？」

そう言って、実に楽し気に笑いかけた。

6

アクセルの街の夕暮れの中、いつも寝泊まりしている馬小屋に向け歩いていく。

「まったく、キミもなかなか大したもんだね。財布にあれだけしか入ってないのにあのハッタリったらなかったよ」

「クリスだって相変わらずのえげつない手を使ったじゃないか。スティールで石ころを引いたあの人の顔ったらなかったぞ」

俺とクリスはそう言って、お互いに笑い合う。

「ねえクリス、お財布取り返してくれてありがとうね。今の私がしてあげられる事なんてないけれど、もしエリス教からアクシズ教に改宗したいとか、そんな時にはいつでも相談に乗るからね」

「う、うん……。その、気持ちだけもらっときます……」

何か言いたそうなクリスに対し、アクアが無邪気《むじゃき》な笑顔《えがお》を見せる。

そんなアクアの顔を見て、俺とクリスは苦笑《くしょう》を浮《う》かべ。


——このまま良《い》い話で終わるかと、そう思った時だった。


「ああああああ！　やめっ、やめろおおおおおお！」

「やめろではない！　まったく、一体どこでこれを手に入れたのだ！」

それはもう何度も何度も聞き慣れた声だった。

このまま宿に帰ってゆっくりしたい。

だが、帰るわけにはいかないのだろう。

俺達が声のする方を見ると、そこにいたのは案の定……。

「お前ら一体何やってんの」

「む、カズマか。それにアクアやクリスまで。こっちは今まで大変だったのだぞ」

アクセルの街の大通りで、何かを懐《ふところ》に抱《だ》いたまま地面にうずくまるめぐみんとダクネスだった。

めぐみんとダクネスの周りでは、多数の警察官が遠巻きに立っている。

「……状況説明」

「うむ。実は、持っているだけで次々に素敵《すてき》な……いや、不幸が……。いや。やっぱり素敵な事だな！　まあ、所持しているだけで運のステータスが下がるという素晴《すば》らしいアイテムが、一体どこでどう間違《まちが》ったのか、よりにもよってめぐみんの手に渡《わた》ってな」

俺にそう言いながら、警察官達に待てとばかりに手の平を向けていたダクネスが、足下《あしもと》で丸くなった物体に目を向ける。

「この宝石は渡しませんよ！　これは私が拾った物ですから、約一割の所有権を求めます！」

普段《ふだん》宝石などには興味も示さないはずのめぐみんは、なぜかすっかり魅了《みりょう》されてしまった様だ。

「こらっ、いい加減にそれを渡せ！　大体お前、いつもは金目の物には頓着《とんちゃく》しないヤツだろうが。どうしてこんな物に拘《こだわ》るんだよ」

「この黒光りといい色艶《いろつや》といい、魔王の血《デーモンブラッド》なんて名前に、呪《のろ》い憑《つ》きといういわくといい、これほど紅魔族に相応《ふさわ》しい物はありませんとも！」

　このバカ！

「あのな、それは持ってるだけで不幸が降りかかる石だって言ってんだろ！　今日だけでも既《すで》に厄介ごとが降りかかってきてんだ、これ以上問題を増やすなよ！」

「不幸が起こるだなんて迷信《めいしん》です、そんな物に惑《まど》わされる私ではありませんよ！」

「バカッ、今にも警察にしょっぴかれそうなこの状態で何言ってんだ、今まさに不幸が降りかかってるだろうが！」

　俺の言葉に耳も貸さず、めぐみんは頑《かたく》なに宝石を放さない。

光り物を集めるカラスじゃあるまいし、紅魔族の琴線《きんせん》には理解しがたいものがある。

「まったく、どいつもこいつも迷惑《めいわく》ばっかり掛けやがって！　一体どこの貴族がこんな迷惑な石を取り寄せようとしたんだか!!」

「ッ!?　そそそ、そうだな。まったく迷惑な話だ、どこの誰《だれ》がこんな素晴らし、呪《のろ》われた石などを欲《ほっ》したのやら……」

　俺の言葉を聞いたダクネスがなぜか目を逸《そ》らす中。

「いいかめぐみん、これが最終勧告《かんこく》だ。どうしても返さないというのなら、これから強制的に石を奪《うば》う」

「ほう、やれるものならやってみるがいいです！　ですが、力尽《ちからず》くで奪ったとしても手痛い反撃《はんげき》を覚悟《かくご》していてくださいね。紅魔族に喧嘩《けんか》を売るのなら……。……何ですかカズマ、ワキワキさせているその手は。待ってください、クリスまでその手は何ですか⁉」

俺は、幸運を司《つかさど》るというまだ見ぬ女神《めがみ》、エリスに向けて。

「なあめぐみん。丁度都合の良い事に、ここにはスティールを使える人間が二人もいる」

「分かりましたカズマ、まずは話し合いましょう。私達は仲間じゃないですか、争いなんて愚《おろ》かな事です」

心の中で祈《いの》りを捧《ささ》げた。

「何ですか⁉　二人ともその手は何ですか、もしかして本当にやるんですか⁉　正気ですか、こんな往来の真ん中で⁉　分かりました降参です、ちょっ、待っ……！」

俺の運が良いというのなら、もう厄介ごとが起こりませんように――‼

不死の王になるために

1

リッチー。

それは魔道《まどう》を極《きわ》めた魔法使いが、禁断の秘術により不死生物と化した孤高《ここう》の存在にして超《ちょう》大物のアンデッドモンスター。

魔法の掛かった武器以外は傷も付けられない不死の体、そして生前を遥《はる》かに超《こ》える強大な魔力とドレインタッチを始めとした様々な特殊《とくしゅ》能力を有する最強のアンデッド。

そんな、巨大《きょだい》ダンジョンの最下層にラスボスとして現れる様なモンスターが。

「ねえウィズ。どうしてあなたの淹《い》れるお茶はぬるいの？　私の好みは熱めのお茶だって事は知っているでしょう！」

「すいませんすいません！　申しわけありませんアクア様！」

現在俺の目の前で、小姑《こじゅうと》みたいな女神にいびられていた。

「まったく。この時季にはほんと、室内にいるだけで迷惑な存在よねリッチーって。ウィズの傍《そば》にいるだけでなんだかひんやりして寒いんですけど。蒸《む》し暑い夏場まではお墓の下で眠《ねむ》っててちょうだい」

「ひ、酷《ひど》い！」

——つい先日、ウィズの代わりに除霊《じょれい》を請《う》け負い、いろいろあって屋敷《やしき》を手に入れた俺達は、依頼《いらい》を回してくれた事へのお礼も兼《か》ねて皆《みんな》で遊びに来たのだが。

「まったく、お茶もろくに淹れられないだなんてウィズは何年リッチーをやっているの？　アンデッドの取り柄《え》といえば無駄《むだ》に長生きな事くらいでしょう？　今までのアンデッド人生の中で一体何をしていたのかしら」

「わ、私はまだ肉体もそのままの、死にたてホヤホヤに近い新鮮《しんせん》な新参アンデッドですから……」

死にたてホヤホヤだとか新鮮だとか、獲《と》れたての魚みたいな事を言い出すウィズに、だがアクアは胡乱《うろん》な眼差《まなざ》しで。

「そういえばウィズって、他《ほか》のリッチーと違ってなぜか肉体が残ってるのよね。普通はリッチーになったら骨になるもんじゃないの？　どうしていつまでもピチピチしてるの？」

「私は普通の方法でリッチーと化したわけではありませんからね。いわばリッチーのハイブリッドですのでずっとこの姿のままですよ」

「狡《ずる》いわ！　なんだか狡いわよウィズ、アンデッドのくせにずっと若々しいままだなんて、そんな事が世間に知られたらアンデッド化を望む奥様達が増えるじゃないの！」

「だ、大丈夫《だいじょうぶ》ですよアクア様、リッチーになるという事は誰にでもそう簡単に出来るものではありませんから」

お礼をしに来たという事もすっかり忘れウィズに摑《つか》み掛《か》かるアクアを眺《なが》めながら、俺とめぐみん、ダクネスは、椅子《いす》に腰《こし》掛けて紅茶をすすった。

「確かに心持ちぬるいけど、このお茶美味《うま》いな。ダクネスが淹れてくれる紅茶に匹敵《ひってき》するぞ。不器用なダクネスのクセに、俺はそこだけが前々から不思議なんだけど」

「なあ、私を何だと思っているんだ？　褒《ほ》められているのか貶《けな》されているのかよく分からないのだが」

「確かにこのお茶美味《おい》しいですね。私としては、ダクネスが美味しいお茶を淹れられる事も不思議に思っていますが、お茶飲みリッチーが存在する事も不思議に思っていますよ。アンデッドって飲んだり食べたりする必要があるのでしょうか」

「め、めぐみんまで！」

と、俺達がそんな穏《おだ》やかな昼下がりを楽しんでいると。

「すいません、ウィズさんはいらっしゃいますか！」

魔道具店のドアが突然《とつぜん》開けられ、そこには息を切らせた冒険《ぼうけん》者ギルドの受付嬢《じょう》が立っていた。

2

息を整え落ち着きを取り戻《もど》したお姉さんは、なぜここにいるのだろうという視線で俺達を気にしながらも、ここに来た理由を説明した。

「――アンデッドモンスター、ですか？」

お姉さんの話によると、アクセルの街からそう遠くない洞窟《どうくつ》の傍で、頻繁《ひんぱん》にアンデッドモンスターが目撃《もくげき》されているのだという。

洞窟やダンジョンの様な暗い場所には自然発生した野良《のら》アンデッドが集まりやすく、通常なら冒険者ギルドがアンデッドモンスターの討伐依頼《とうばついらい》を掲示板《けいじばん》に貼《は》り出すのだが、今回はいつもと事情が違《ちが》うらしい。

「ええ、それが行き倒《だお》れた旅人や冒険者が自然にアンデッド化したとは考え難《にく》いのです。というのも、目撃されたアンデッドモンスターが、ゾンビやスケルトン、ゴーストといったものではなくてですね……」

お姉さんいわく、グールといった中位のアンデッドモンスターが目撃されているそうな。

これらは駆《か》け出しの街の近くをさまよっていてよい存在ではないらしく、職員としてはこれらの発生原因を調査したい。

そして、なぜわざわざウィズの下《もと》にやって来たかといえば……。

「なるほど、つまりはこういう事ね。自然発生するとは思えないレベルのアンデッド。これは、悪い魔法使いがネクロマンシーでアンデッドモンスターを作り出しているに違いない。ネクロマンシーなんて高度な魔法が使えるとなれば、そう！　犯人はウィズしかいないってわけね!!」

「ええっ⁉」

「違《ちが》いますよ、私達がウィズさんにそんな疑いをかけるわけないじゃないですか！」

ドヤ顔で迷推理をするアクアを押し退《の》け、お姉さんはウィズに頭を下げる。

「今回の依頼なのですが、実はかなりの危険が予想されます。というのも、アクアさんが言った言葉もあながち間違いではなくてですね。実はこのアンデッドモンスター達が、魔法により作られているのではとの疑いがありまして」

中位のアンデッドモンスターを作り出せるほどの存在。

つまりは、それだけの事が出来る大物のアンデッドモンスターがいる可能性がある。

「そこで、高名な魔法使いでもありアンデッド絡《がら》みの問題に関してのエキスパートでもあるウィズさんにお願いしたいんですよ」

「なるほど……。そういう事でしたら引き請けます。冬は冒険者の皆《みな》さんがクエストを請けないせいか、魔道具を求めてやってくるお客さんもいませんしね」

この店に客が来ないのはそれだけが原因なのだろうかと疑問に思うが、誰《だれ》も口には出さない。

と、その時だった。

「ねえ、アンデッド退治の専門家ならここにもいるんですけど。この私を差し置いてウィズに頼《たの》みにくるなんてどういう事なの？」

日頃《ひごろ》アンデッドを目の敵《かたき》にしているアクアがそんな事を言い出したのは。

「アクアさんに依頼、ですか……？　……そうですね。他の依頼に関しては不安が残るところですが、今回に限っては確かにアクアさんに協力してもらった方が良《い》いかもですね」

「ねえ、今他の依頼に関しては不安が残るって言った？」

アクアにゆさゆさと肩《かた》を揺《ゆ》すられながら、顎《あご》に手を当て悩《なや》むお姉さん。

そこに、それまで黙《だま》っていたダクネスが立ち上がった。

「そういう事なら私も行こう。魔法使いには盾《たて》となる前衛が必要だろう。それに私はクルセイダー、アンデッド退治にはうってつけだ」

「なるほど、確かにダクネスさんの防御力《ぼうぎょ》は頼もしいですね」

思案顔だったお姉さんはダクネスの言葉を聞いて一つ頷《うなず》く。

と、めぐみんまでもが立ち上がる。

「ふむ、相手は大物のアンデッド。となれば、切り札は多い方が良いでしょう。幸いな事に、相手が潜《ひそ》んでいるのはダンジョンではなく洞窟との事。ならば、私の魔法が役立ちます」

「めぐみんさん！　そうですね、ダクネスさんの防御力、アクアさんの神聖魔法、そこにめぐみんさんの攻撃力《こうげき》と腕利《うでき》きのウィズさんまでが加われば……！」

どんどんテンションが上がるお姉さんに、俺は大物感を漂《ただよ》わせながらゆっくりと立ち上がり。

「そこにこの俺までもが加われば、完璧《かんぺき》な布陣《ふじん》となる。今回の依頼は任せてもらおうか」

「……あ、あの、サトウさんも参加するのですか？」

おい。

なんとなく今回の依頼を請けてしまった俺達だが、強敵が予想されるためか報酬《ほうしゅう》は高めに設定されている。

アンデッドモンスターが相手であれば俺達にはアクアがいるし、しかも今回はウィズまでもが付いてくる。

3

俺は楽勝ムードで遠征《えんせい》の準備を進めていたのだが。

「では皆さん、くれぐれも気を付けてくださいね？　洞窟には最悪の場合、リッチーが潜んでいる可能性も示唆《しさ》されております。もっとも、こんなところにリッチーなんて超大物がいるわけないとは思いますがね」

準備を終えて街を出る俺達を見送りながら、ギルドのお姉さんが言ってくる。

その言葉に俺達の視線がウィズへと向けられた。

「そ、そうですね、こんな辺境にリッチーなんかがいるわけないですからね……」

俺達の視線を浴びるウィズがそっと目を逸《そ》らしながら小さく呟《つぶや》く。

お姉さんはウィズのそんな様子にも気付かずに。

「リッチーに関しては記録自体がほとんど残されてはいないのですが、伝承では、そこにいるだけで辺りから活力を奪《うば》い、水や大地を腐《くさ》らせる迷惑《めいわく》な存在だと言われています。現在のところ、洞窟周辺でその様な兆候は見られませんので安心してください」

「は、はあ……」

面と向かって迷惑な存在呼ばわりされたウィズはますます気まずげに目を逸らす。

「ほう、リッチーにそんな能力があるだなんて知らなかったわ。水を腐らせるだなんてこれは私に対する挑戦《ちょうせん》よね」

「ちち、違いますアクア様！　それは酷い風評被害《ひがい》です、きっとドレインタッチスキルが捻《ね》じ曲がって伝わったのだと思います！」

わたわたしながら弁解するウィズに、お姉さんが感心した様に目を輝《かがや》かせ。

「ウィズさんはリッチーの生態に詳《くわ》しいんですか？　そうであれば、リッチーに関する資料が足りないので、この依頼が終わったらぜひ教えて頂きたいのですが……」

「ええ、詳しいといえばそこそこ詳しいですね、なにせこう見えても腕利き冒険者で通ってましたから！　それでは早速《さっそく》出発しましょうか、急がないとアンデッドが元気になる夜に到着《とうちゃく》する事になってしまいますから！」

慌《あわ》てるウィズに急《せ》かされながら、俺達はお姉さんに見送られて街を出た。

「——ねえウィズ、リッチーの可能性もあるって言ってたけど本当にあなたじゃないのよね？　もし私に隠《かく》れてこっそり野良アンデッドを飼ってるのなら今の内に白状しちゃいなさい。そうしたら苦しまずに成仏《じょうぶつ》させてあげるから」

「アクア様、本当に私じゃないです！　というか感性は人間のままなんですから、アンデッドを飼う趣味《しゅみ》なんてありませんよ！」

「一番確実なのは、とりあえずウィズを浄化《じょうか》してみる事なんだけど。ウィズが天に召《め》されてもまだアンデッドが湧《わ》きだす様なら、それはウィズが犯人じゃないって事で……」

「待ってくださいアクア様、私が祓《はら》われ損じゃないですか！」

街を出て洞窟へと向かう途中《とちゅう》、ウィズがアクアからちくちくといびられていた。

こいつはどうしてこうもアンデッドを目の敵にするのか。

「それにしても、目撃されたのはグールですか。となると、本当にリッチークラスの大物がアンデッドを生み出しているのかもしれませんね」

隣《となり》を歩くめぐみんが、杖《つえ》を握《にぎ》り締《し》めながらそんな事を。

「名前ぐらいは聞いた事あるけど、グールって強いのか？」

そんな俺の疑問に、今日は大剣《たいけん》ではなく銀製のメイスを腰から下げたダクネスが。

「グールは、俊敏《しゅんびん》な動きと麻痺《まひ》毒を併《あわ》せ持つ厄介《やっかい》な人型アンデッドだな。一体でもそこそこの強敵なのに大概《たいがい》が群れで行動し、腐肉《ふにく》を漁《あさ》る事から人里離《はな》れた墓場に稀《まれ》に出没《しゅつぼつ》する事がある」

話を聞く限り、雑魚《ざこ》モンスターであるカエルと良い勝負を繰《く》り広げる俺達には荷が重い相手なのだが……。

「グールなんて私にかかればイチコロに決まってるじゃない。数が多くたって、広範囲《こうはんい》型の浄化魔法《じょうかまほう》で一掃《いっそう》してあげるから、なんの心配もいらないわ！」

「あ、あのアクア様？　一応言っておきますが、私もアンデッドなので巻き込まないでくださいね？　何でしたら、私が全部相手をしますので……！」

そう、最強のアンデッドであるリッチーと女神。

この二人がいれば何の心配もないだろう――

――そう思っていた俺がバカだった。

「わあああああカズマさーん！　カズマさーん!!」

「バカッ、お前ってやつはどうしてピンチになると俺に向かってくるんだよ！　とっとと浄化しちまえよ、それが出来ないなら向こうに逃《に》げろ！」

「だってグールってば近くで見たら超怖《ちょうこわ》いんだもの！　トラウマになりそうな物をくわえてるんですけど！」

問題の洞窟《どうくつ》を見付けた俺達は、まずは様子をうかがおうとこっそり近付き、そこで何かに群がっている数体のグールを発見。

そんなグール達を浄化しようと、俺の制止の声も聞かず、アクアがのこのこと出て行ったのだが……。

「アクア、こっちに来ないでください！　見ちゃいけない物をくわえたグールまで付いて来てます！」

「アクア、そっちではなく私の方に逃げて来い！　この身でグールどもの攻撃を……。あぁっ、どうして私はアンデッドにスルーされるのだ！」

人型の何かを囲んで食事中だったらしいグールの姿に、俺達はパニックに陥《おちい》っていた。

アクアやめぐみんは、アンデッドはともかくとしてグロ耐性《たいせい》は低かったらしい。

と、その時――

「『カースド・クリスタルプリズン』‼」

混乱に陥る俺達をよそに、凛《りん》としたウィズの声が響《ひび》き渡《わた》った。

それと同時にアクアを追い掛《か》けていたグール達が、一瞬《いっしゅん》で氷に閉《と》ざされ砕《くだ》け散る。

「アクア様、もう大丈夫《だいじょうぶ》ですよ。グールは私が……」

「わあああああああ！」

何かをくわえたグールが余程《よほど》トラウマだったのか、助けてくれたウィズの胸にアクアが泣きながら飛び込んだ。

そんなアクアに一瞬だけ驚《おどろ》いたものの、ウィズは泣き喚《わめ》く子供をあやすように優《やさ》しく頭を撫《な》で始め。

「大丈夫、もう大丈夫ですから、泣き止《や》んでくださいアクア様……。アクア様……？　あ、あの、私何だか抱《だ》き付かれた部分が熱くなってきて、アクア様！　涙《なみだ》が凄《すご》く痛いんですが、泣き止んでくださいアクア様！」

4

しがみつかれていたウィズが薄《うす》くなり始めたのでアクアを無理やり引き剝《は》がし、俺はグールにたかられていた人型の何かを埋葬《まいそう》してやろうとしたのだが。

「あ、人じゃなかったみたいだな。おいアクア、グールが貪《むさぼ》ってたのはゴブリンだ」

「……カズマってば普段《ふだん》は小心者なくせに、よくそんな凄惨《せいさん》な現場を見てられるわね」

「鍛《きた》えられた冒険者《ぼうけん》はな、皆《みんな》グロ耐性ってスキルを習得するものなんだよ」

正確には、冒険者でなくとも鍛えられたニートなら誰《だれ》でも持っている耐性だ。

エロ画像に釣《つ》られて詳細《しょうさい》不明の画像を開くなんて珍《めずら》しい事じゃない。

人はそうして大人になっていくのだ。

ゴブリンの死体をウィズが魔法で焼却《しょうきゃく》し、いよいよ洞窟の中へと向かう。

グールはまだたったあれだけしか作り出せていなかったのか、他《ほか》のアンデッドモンスターに出会う事もなく。


——あまり深くもない洞窟の突《つ》き当たり。


薄暗《うすぐら》い影《かげ》の中に、ひっそりと立つ男がいた。

ウィズの様な青白い肌《はだ》と、短く刈《か》り込んだ金髪《きんぱつ》に紅《あか》い瞳《ひとみ》を持つ整った顔立ちのその男は。

「クク……。大方アンデッドの討伐依頼《とうばついらい》を請《う》けたのだろうが、こんな所に来るとは運が無かったな、駆《か》け出し冒険者よ」

肉食獣《にくしょくじゅう》が獲物《えもの》を見付けたかの様に嬉《うれ》しげに口を薄く開くと、鋭《するど》い牙《きば》を覗《のぞ》かせた。

——ヴァンパイア。

リッチーと並ぶ最上位のアンデッドにして、知名度も非常に高いモンスター。

アンデッドの王は？　と問われれば、半数の人はヴァンパイアと答えるだろう。

そんな、駆け出しの街の近くにいてはいけない大物アンデッドが……！

「いました！　ほら、アクア様いましたよ、グールを呼び出していた黒幕の野良《のら》アンデッドが！　これで私が犯人じゃない事が分かりましたよね!?」

「そ、そうね。ま、まあ私は最初からウィズの事は疑ってなかったんだけど、でも一応謝っておくわね、ごめんね！」

ウィズに野良アンデッドと指を差され、ボスみたいな発言も完全にスルーされていた。

そんな扱《あつか》いを受けたのは初めてなのか、ヴァンパイアはしばしポカンと口を開けている。

「ダクネス、見てください。ヴァンパイアですよヴァンパイア。というか、私と目の色がかぶっているのが気に食わないのですが」

「それを言うのなら、私も金髪がかぶっているのが気に食わないな」

めぐみんとダクネスがヒソヒソと言葉を交《か》わす中、ヴァンパイアは怒《いか》りにカッと目を見開いた。

「駆け出しの街のひよっこ共が、この私を誰《だれ》だと思っている！　最強のアンデッドにして至高の存在。アンデッドの王であるヴァンパイア、ヴォルフガン・クロウである！　者ども頭《ず》が高い、ひざまずいて命乞《いのちご》いをするがいい!!」

高らかに名乗りを上げたヴァンパイアは、自分を指差していたウィズを真っ直《す》ぐ見つめ
――!

「……ん？　なぜ私の魅了《みりよう》の魔眼が効かないのだ。貴様、駆け出し冒険者の分際で強力な護符《ごふ》でも持っているのか？」

何らかの攻撃《こうげき》を仕掛《しか》けたらしいが、それが効果を及《およ》ぼさない事に首を傾《かし》げた。

「あの、私はリッチーですから状態異常の類《たぐい》は効きませんよ？」

「リッチー？　リ、リッチーだと!?」

ウィズの言葉に目を見開くヴォルフガン。

やがてまじまじとウィズを見るとやれやれと首を振《ふ》り。

「フッ。リッチーとは、我々《われわれ》ヴァンパイアには及ばないにしてもそこそこの力を持つ醜《みにく》い骸骨《がいこつ》の姿をしたアンデッド。貴様の様なぽーっとした女が名乗っていい存在ではないわ」

「な、なんですって!?」

ウィズが憤《いきどお》る中、俺はそっとアクアに耳打ちする。

「おい、なんかよく分からんがヴァンパイアって強いんだろ？　お前、アレを倒《たお》せるのか？」

「私を誰だと思ってるの？　ヴァンパイアなんて聖なるグーを食《く》らわせただけで消え去っちゃうわ。でもここはウィズに任せましょう？　リッチーとヴァンパイアって仲が悪くて有名なのよ。あいつは真祖でもなさそうな下級ヴァンパイアみたいだし、ここは皆で見守るの」

わくわくした表情で成り行きを見守るアクアの視線の先では、ウィズが食って掛《か》かっていた。

「ナルシストの多いヴァンパイアがリッチーを醜い骸骨呼ばわりするだなんて許せませんね！　それに、ヴァンパイアの上位の存在であるリッチーに対して、そこそこの力を持って何ですか！　ヴァンパイアなんてちょっと力が強いのとしぶとい以外は弱点塗《まみ》れの半《はん》端者《ぱ》じゃないですか!!」

「貴様言わせておけば！　勝手にヴァンパイアをリッチーの格下にするな！　人間風情《ふぜい》が高貴なる不死の王、ヴァンパイア族を愚弄《ぐろう》する気かっ!!　『ライトニング』！」

カッと激昂《げきこう》したヴォルフガンが指先から雷《いかずち》を放つ。

だがそれはウィズに届く寸前で、突然《とつぜん》フッとかき消された。

それを見たウィズが、いつもの穏《おだ》やかな表情ではなく、好戦的な顔で不敵に笑う。

「うふふふふふ、いきなり不意《ふい》討《う》ちだなんてさすが高貴なるヴァンパイア族ですね！

でも、あなたみたいな自称《じしょう》ではなく、本当の意味での不死の王であるリッチーは、ヴァンパイアより遥《はる》かに高い魔法抵抗《ていこう》力があるんです。その程度の魔法が通じるわけないじゃないですか」

「き、貴様、まさか本当にリッチーなのか⁉　くっ、どこまでも忌々《いまいま》しい！　魔法でお手軽に人間を止めた成り上がりアンデッドのクセに、我々を差し置き不死の王などとおこがましいわ！」

「お手軽な成り上がりって何ですか、私達リッチーは魔道を極《きわ》めて自分の力で不死化したんです！　そっちなんてヴァンパイアの真祖から力を借りて不死化した、おこぼれにあやかった腰《こし》ぎんちゃくアンデッドのクセに！」

俺達の前で大人げのない口喧嘩《くちげんか》を始めた最上位のアンデッド。

「きっさまあああああ！」

「何ですか、やるんですか⁉　あなた程度のヴァンパイアなら人間だった頃《ころ》の私でも倒せますけどね！」

そんな二人がいよいよぶつかり合うかと思ったその時。

「まあ待ちなさいな二人とも。まずは話を聞かせて頂戴《ちょうだい》？」

どう見ても今の状況《じょうきょう》を面白《おもしろ》がっているとしか思えないアクアが、実に嬉しそうな笑《え》みを浮《う》かべた。

5

「──つまりはこういう事か？　あんたはヴァンパイアになった元貴族で、遠くで強敵と戦い力を落としたため、強い冒険者がいないアクセルの街近くに潜伏《せんぷく》し、力を蓄《たくわ》えようとしたと」

「そういう事だ下賤《げせん》な人間よ。素直《すなお》に血を吸われるのであれば今なら私の配下にしてやろう。もっとも、貴様らが清い体でなくば血を吸われた時点でグールと化すがな！」

通常、ヴァンパイアに血を吸われるとグールになる。

しかし、性行為《せいこうい》を行った事のない清らかな体の者が血を吸われると、下位のヴァンパイアになるらしい。

「俺はまだ清いからヴァンパイアになれるな」

「アンデッドの様な目をしているクセに、なかなか言うではないか小僧《こぞう》」

目が死んでるって言いたいのかこのクソアンデッド。

「私はもちろん心も体も清いけれど、ヴァンパイアなんかになる気はないわね」

「私ももちろん清いですが、紅魔族である事に誇《ほこ》りを持っているのでお断りです」

「わわ、私ももちろん清い……はずだから、グールになる事は……。た、多分……」

一人だけちょっと不安そうなヤツがいるが、どうしてそんなに自信がないのか、夜中一人で何をしてるのかを後でじっくり問い詰《つ》めてやろう。

「なるほどね、つまりあなたは悪いアンデッドという事ね？　まあ私としては、善いアンデッドも悪いアンデッドも等しく浄化《じょうか》するべきだと思うんだけど」

「フン、貴様は何を言っているのだ？　この世に悪くないアンデッドなどという珍妙《ちんみょう》な者が存在するものか」

アクアの事を何を言っているんだという目で見ながら鼻で嗤《わら》い、口元から牙を覗かせるヴォルフガン。

そんなヴォルフガンとは対照的に、ウィズがバッと手を挙げた。

「はい！　アクア様、私はただ善良なアンデッドではなく、凄く善良なアンデッドです！　何せアクア様のために常にお茶菓子《ちゃがし》を用意しますし、いつでも温かいお茶を淹《い》れますから！」

「貴様、人間の駆け出しプリーストに媚《こ》びを売るなどアンデッドである誇りすらも無くしたのか!?　人間など我らの糧《かて》にして下僕だろうに。まったく、卑屈《ひくつ》なリッチーめ！」

と、そんなヴォルフガンの言葉を受けたウィズがアクアに近寄り。

「アクア様アクア様、聞きましたか？　ヴァンパイアなんて所詮《しょせん》こんなものなんです。元は人間だったクセに、人間時代の事は黒歴史として封印《ふういん》し無かった事にする。そして自らを高貴なる存在だの何だのと言い出し人に害をなす、意識高い系のナルシスト集団なんですよ。こんな輩《やから》は退治してしまいましょう！」

あえて聞こえるレベルの大きさで、アクアの耳元で訴《うった》えかける。

「おい、聞こえているぞ成り上がり者め！　我らヴァンパイアは永遠の超越《ちょうえつ》者となる事を目的とし不死化するのだ。貴様らリッチーの様な、魔法の研究を永遠に続けたいという気持ちの悪い引き籠《こ》もり思想で不死化した連中とは違《ちが》うのだ！」

「魔法の研究目的でリッチー化する人なんてごく一部の方だけです！　想《おも》い人を助けるためだとか、大事な仲間を助けるためだとか、そんな理由でリッチーになった人だっているんですぅー！」

日頃の温厚《おんこう》で落ち着いたウィズは本当にどこへいったのか、いつになく大人げのない様子で言い返す。

「元は貴族でもある高貴なる私に舐《な》めた口を！　いいだろう、今ここでヴァンパイアとリッチーのどちらが上か決着を付けてくれる!!　真の不死の王を決めようではないか！」

「受けて立とうじゃないですか！　日の下にも出られない上に偏食《へんしょく》家なヴァンパイアなんてリッチーの敵じゃありません!!　不死の王はリッチーに決まってますから！」

と、突然始まった超《ちょう》大物アンデッド同士の頂上決戦。

二人は互《たが》いに魔法《まほう》を唱え始め――！


「『ターン・アンデッド』――！」

「「あああああああ！」」


全く空気を読まないヤツが、いきなり何を思ったのか、横から浄化魔法をぶちかました。

淡《あわ》い光に包まれながら、全身から煙《けむり》を立ち上らせ悲鳴を上げて転がる二人。

やがて何だか薄《うす》くなったウィズがぐったりと横たわり、ヴォルフガンが体の一部を灰に変えひいひいと泣いていた。

「ちょっとあんた達待ちなさいよ、この私を差し置いて何を勝手に進めているの？」

突然の行動に戸惑《とまど》いながらも、灰と化した右手を痛そうに抱《かか》え、涙目《なみだめ》になったヴォルフガンがおそるおそる尋《たず》ねてくる。

「ま、待て、話をしようか。突然何をするのだ人間の娘《むすめ》よ、これはアンデッド同士の至高の戦い。邪魔《じゃま》をするのは無粋《ぶすい》だろう？　……というかお前は本当に人間なのか？　このリッチーと対峙《たいじ》し魔力を高めている最中《さなか》でなければ、危《あや》うく昇天《しょうてん》するとこだった……」

薄くなったウィズが身を起こし、同じく目に涙を浮かべ。

「うう、酷《ひど》いですよアクア様……。いきなり何をするんですか？　三途《さんず》の川の向こうから、こっちに来いよとナンパしてくるベルディアさんが見えましたよ……」

フラフラと立ち上がる二人をよそに。

「プリーストといえばアンデッド。アンデッドといえばこの私。そう、アンデッドの王様を決めるのなら、プリーストの中のプリーストにしてこの世で最高のアンデッドキラーである私の意見はとっても大事じゃないかしら」

なにやらしたり顔のアクアが、またぞろわけの分からない事を言い出した。

6

アクアに言われるがまま洞窟《どうくつ》の入り口に移動した俺達は、先ほどよりは若干《じゃっかん》勢いのなくなった二人のアンデッドを見守っていた。

というか、二人は今から何をやらされるのかとあきらかに怯《おび》えている。

ヴォルフガンもただのターンアンデッド一発で瀕死《ひんし》にされるとは思わなかったのだろう。

先ほどまではアクアに対しかわいそうな者を見る目を向けていたのが、今では天敵を見る目へと変わっていた。

「さて、それじゃあ今から二人には、アンデッドの王として相応《ふさわ》しいかどうかの勝負をしてもらいます。なぜそんな事をしてもらうかと言えば何だか面白そうだからね！　というわけで、まずはめぐみん」

「なんでしょう？」

突然話を振《ふ》られためぐみんが、キョトンとした顔で振り返る。

「リッチーやヴァンパイアといえば、強い魔法抵抗力と耐久力《たいきゅう》。そこで今から二人には……。めぐみんの爆裂魔法《ばくれつまほう》に耐《た》えてもらいま」

アクアが最後まで言い終わる前に、アンデッド二人は逃《に》げ出した。

——日の光の下に出られないため、洞窟の奥に逃げ込んだヴォルフガンが……。

「分かった！　二度とアンデッドの王などとは名乗らない、だからもう許してくれ！」

「うう……。なんというか、いくら相手がアンデッドとはいえ、こうも泣き叫《さけ》ばれると心が痛いというか……」

「ダメよダクネス、甘やかしちゃ！　相手はよりにもよってヴァンパイア。しかもここで力を蓄えようとしてたって事は、街の人に害を与《あた》える気だったわけだからね。このまま試合放棄《ほうき》なら、私が浄化魔法で消し去っちゃうから」

「こいつは何を言っているんだ！　バカを言うな、爆裂魔法に耐えられるアンデッドがいてたまるか！」

一応最強のアンデッドの一角であるはずの哀《あわ》れなるヴァンパイアは、ダクネスの手により洞窟の奥からズルズルと引きずられている。

そして——

「アクア様、そこのヴァンパイアの言う通りです！　さすがのリッチーでも爆裂魔法は無理です、消えちゃいます！　ほら、もっと別の勝負にしませんか!?　えっと、ヴァンパイアもリッチーもドレインタッチが使えますし、吸いっこ勝負だとか！」

「おお、それがいい！　そうだな、それこそがアンデッド勝負に相応しいと思う！」

同じくアクアに引きずられているウィズが、必死になって別案を出し、それにヴォルフガンが賛同していた。

「えー？　でも、洞窟の外のめぐみんが既《すで》にやる気満々なんですけど」

アクアの言葉に外を見れば、めぐみんが杖《つえ》をブンブンと振り回しながら目を紅《あか》く輝《かがや》かせている。

なにせ大物アンデッド二体を仕留められるかもしれないのだ、その際の経験値は莫大《ばくだい》なものになるだろう。

こいつはこいつで、ウィズとの情よりも経験値の方を取ったらしい。

「おいアクア、何だかんだ言ってウィズにはスキルも教わったりして世話になってるんだし、もっと穏便《おんびん》な勝負にしてやれよ。っていうか、ドレイン勝負でいいんじゃないか？」

「そうだ、もっと言うのだ死んだ目をした小僧よ！　何ならヴァンパイアにしてやってもいいぞ！　先ほどは清らかな人間には見えないと言ったが、よくよく見れば不純な行いが出来る顔立ちにも見えないからな！　きっとヴァンパイアになれる事だろう！」

「お前、洞窟の外に引きずり出して日干しにしてやろうか」

7

薄暗《うすぐら》い洞窟内に怪《あや》しい光が輝いた。

それは二体のアンデッドによる強力なドレインタッチの輝きだ。

俺が使う様な劣化版《れっか》ではなく本物によるそれは、吸い出す魔力が見て取れた。

「ほうほう、二人ともなかなかやるわね。ぐいぐい吸われてる感じがするわ」

アンデッド二人に挟《はさ》まれてドレインタッチで魔力を吸われているのは、涼《すず》しい顔をして余裕《よゆう》たっぷりのアクアである。

「人間の娘よ、かなりの魔力を吸っているのだが大丈夫《だいじょうぶ》なのか？　本来であれば私とリッチーがドレインタッチでどちらかが干《ひ》からびるまで互いに吸い合うつもりだったのだが」

魔力を吸い上げているはずのヴォルフガンが、何だか心配そうにアクアに尋ねる。

「え、ええ、いくらアクア様といえども、さすがに私達二人に吸われたままだと苦しいのでは……？」

同じく、ウィズまでもが不安そうに。

だがアクアはといえば、にっこりと笑い、そんな二人に楽し気に。

「あら、二人とも私を心配してくれてるの？」

そんな無邪気なアクアの言葉に、ヴォルフガンが鼻で嗤う。

「……フン、なぜ私がプリーストの身を心配などせねばならぬ。そのリッチーとの勝負の最中に、貴様の魔力が尽《つ》きてしまえば決着が付かないからな」

「私はそこの捻《ひね》くれ者なヴァンパイアと違って、純粋《じゅんすい》にアクア様の事を心配してますからね。……というか、本当に大丈夫そうですね。さすがアクア様というか、なんというか……」

と、ウィズがそこまで言った時だった。

俺は、淡い光に照らされていたウィズの顔が普段《ふだん》以上に青く、そして先ほどよりも薄くなっているのに気が付いた。

そしてふと、ヴォルフガンが小さく呟《つぶや》く。

「……先ほどから何だかピリピリするな。というかふと思ったのだが、これは果たしてどうやって勝負を付けるのだ？　二人同時に魔力を吸っては、どちらがより多くドレインできたかの判断が付かないのではないか？」

それにハタと気付いた様に。

「そういえばそうですね。アクア様に言われるがままに始めた勝負ですが、一体どれだけ吸えばいいのか……。あの、アクア様？　ここはやはり、お互いにドレインタッチでどちらかが倒《たお》れるまで吸い合うというのが一番では……」

と、その時。

それまで一方的に魔力を吸われるだけだったアクアが、アンデッド二人の手を摑《つか》む。

まるで、途中《とちゅう》で吸うのを放棄はさせないとばかりに。

「あの、アクア様？　どうして私達の手を摑むんですか？　こんな事しなくても今更《いまさら》逃げたりしませんよ？　というか、先ほどからちょっと気分が悪いんですが、ターンアンデッドの影響《えいきょう》でしょうか……」

「む、貴様も気分が冴《さ》えないのか。私も先ほどから酷く目眩《めまい》がして体中が熱いのだ。というか、生前の感覚で言うと食あたりにでもなったかの様な……」

俺はその言葉を聞いて、アクアが本当にやりたかった事の意味を悟《さと》る。

「お前、本当は勝負とかどうでもいいだろ。アンデッドを目の敵《かたき》にしてるからいびりたかっただけじゃないのか？」

「「!?」」

その一言に、アクアから魔力を吸い続けているはずの二人は酷く憔悴《しょうすい》したままギョッとした表情を浮《う》かべ。

「くっ、おい、分かったもういい！　リッチーこそがアンデッドの王で構わない……。おい、この手を放せ！　っていうか魔力の流入が止まらない！　おいもういい、もういいって！　体が熱いし吐《は》き気がしてきた!!」

「アクア様、どうして手を放してくれないんですか!?　このままじゃマズい気がしますアクア様！」

慌《あわ》てる二体のアンデッドにアクアがにこやかに笑って言った。

「さっき二人は、こんな勝負で一体どうやって決着を付けるのかって聞いたわよね？」

アクアが楽し気に言ってくるも、その間にもどんどん魔力が注がれる。

「もう勝負はどうでもいい！　いい加減この手を放せ！　放……、なんだこれは、ヴァンパイア族の怪力《かいりき》でなぜ剥《は》がせない⁉」

「アクア様、消えちゃう消えちゃう！　このままだと私消えちゃいますから！」

悲鳴を上げる二人に向けて、アクアは実に楽し気な声を上げた。

「あはははははは！　さあ、どっちがアンデッドの王に相応しいか選んであげる！　私の神聖な魔力を受けて、一体どれだけ耐えられるかを見せて頂戴《ちょうだい》！　ヴァンパイアの怪力なんかじゃこの手は引き剝がせないわよ⁉　なんせタダでさえ高い私の力は、支援魔法《しえんまほう》で更《さら》に強化されてるんだからね？」

「おいダクネス、めぐみん、アクアを止めろ！　このままだとウィズが無くなってしまう！」

「こらアクア、この手を放せ！　良《い》い機会だとばかりにウィズまで浄化《じょうか》をするな‼」

「ちょっ！　大物アンデッドが二体もいるせいか、アクアがいつになく意固地になってますよ⁉」

手を掴まれたままの二人が叫ぶ。

「分かった、私が悪かった！　もう人間には手を出さないし、血は吸わないとここに誓《ちか》う！　これからは菜食主義のヴァンパイアになろう!!」

「アクア様ー！　私にはまだやる事があるので待ってくださいアクア様あああ!!」

引き剝がそうとする俺達に、アクアは予想外の抵抗《ていこう》を見せながら。

「あははははははは！　この私の目が青い内は、アンデッドの王だなんて見逃《みのが》さないわよ！」

——その日、アクセルの街を狙《ねら》っていたヴァンパイアは浄化され。

そしてウィズ魔道具店は一週間ほど休業した。

魔王の幹部は忙しい

1

魔王の幹部バニルを討伐《とうばつ》した俺達は、借金が綺麗《きれい》さっぱり無くなった事で悠々自適《ゆうゆうじてき》な日々を過ごしていた。

働けと催促《さいそく》してくる口うるさいダクネスやめぐみんも今日は朝から出かけている。

というわけで、広間の暖炉《だんろ》にくべた薪《まき》が燃える様を、ただひたすらにぼーっと見つめていたのだが……。

「ねえカズマ、この街の人達は警戒心《けいかいしん》が足りなさすぎだと思うの。私は、そんな皆《みんな》の今の状況《じょうきょう》に警鐘《けいしょう》を鳴らすわ」

こんな何不自由のない快適な毎日だというのに、俺の体を押しのけて一番暖かい場所にぐいぐいと体を捻《ね》じ込みながら、アクアがそんな事を言い出した。

「偉《えら》いぞアクア、警鐘なんて難しい言葉をよく知ってたな。ていうか狭《せま》いから割り込んでくるなよ。この特等席を使えるのは、今日は俺の番だぞ」

「その難しい言葉を知ってる賢《かしこ》い女神《めがみ》様が寒くて震《ふる》えているのよ？　もうちょっとそっちに詰《つ》めてよけちんぼニート。ちなみに警鐘ってのはね、危険が危ないって意味よ」

頭痛が痛いみたいな頭の悪い事を言い出したアクアは暖炉の前を占領《せんりょう》すると、いつになく真剣《しんけん》な顔を近付けてきた。

「いいことカズマ。今この街には、なんと魔王の幹部が二人もいるわ」

「なんちゃって幹部のウィズと、もう元幹部になったバニルの事か。それが一体なんだってんだよ？」

暖炉に新しい薪を放《ほう》り込みながら問う俺に、アクアはやれやれとため息を吐く。

「そんな風に危機感が足りないからカズマさんてばぽこぽこ死ぬのよ。今までに何回死んでるの？　なんなの？　ひょっとしてエリスの信者で、毎回エリスに会いたいから死んでるの？」

確かに俺はぽこぽこ死ぬが、こいつに言われると腹立たしいな。

「俺だって好きで死んでるわけじゃねーよ。危機感だの警戒心だの、さっきから一体何が言いたいんだよ？」

その言葉にアクアが待ってましたとばかりに胸を張る。

「監視《かんし》よ！　あの仮面悪魔を監視するの！　あの悪魔ときたら、ずっとこの街に住んでる私より簡単に街に溶《と》け込んでるのよ？　私の調べたところによると、最近じゃ近所の子供達にモテモテらしいわ」

「あいつの仮面を珍《めずら》しがってるだけじゃないのか？　子供なら被《かぶ》りものとか大好きだろ」

だが、アクアはふるふると首を振《ふ》り。

「私もそう思ってオーガキングそっくりの芸術的な仮面を作って近付いてみたんだけど、泣きだした子供達に石を投げつけられたわ」

「お前、人様の家の子をくだらない事で泣かすなよ。……それであいつを監視してどうしようってんだよ？　万が一悪事を働いていたとしても、俺は関《かか》わり合いたくないぞ？　だってあいつ本気出すと強いもん、俺なんてバニル式なんたら光線で一撃《いちげき》じゃん」

弱気な俺の発言に、アクアがふっと不敵に笑う。

「バカねカズマ、そのために私がいるんでしょう？　私を何だと思っているのよ、悪魔の天敵女神様よ？　ちゃんとした悪事の証拠《しょうこ》さえ見付かれば、街中であいつを襲撃《しゅうげき》してもお巡《まわ》りさんに怒《おこ》られる事もなくなるわ！」

「お前ちょっと目を離《はな》した隙《すき》にそんな事してやがったのか」

そんな俺のツッコミも聞き流し、アクアはその場に立ち上がり……！

「……やっぱりまだ寒いわね。この薪が燃え尽きてからにしましょうか」

「外はまだ寒いしな。なんなら暖かくなった日にずらしてもいい」

再びその場に座り込むと、暖炉で燃え盛《さか》る火を俺と一緒《いっしょ》に眺《なが》め続けた。

2

アクアと共に寒い午前中を乗り切り、幾分《いくぶん》か暖かくなった昼下がり。

「『エクスプロージョン』――ッッッ！」

アクセルの平原に爆裂魔法《ばくれつまほう》の爆音が轟《とどろ》くと、日課を終えためぐみんが満足そうな顔で倒れ込んだ。

「ふう……。今日の爆裂は九十点を付けてもいいでしょう。見てください、この肌寒《はだざむ》い澄《す》んだ空気に漂《ただよ》う魔力爆発の残滓《ざんし》を。喩《たと》えるならばそう、雨の後にかかる虹《にじ》の様な、ほんのひと時だけの美しさとでもいいますか……」

そのめぐみんは、倒れ伏《ふ》したままたわごとを呟き出す。

「はいはい綺麗《きれい》綺麗、今日の爆裂も高得点だ。ほら、おんぶするからとっとと仰向《あおむ》けに転がれよ」

俺の言葉にめぐみんは、手慣れた様子でごろんと転がる。

こんな事だけ手際《てぎわ》がよくなっていくめぐみんが嫌《いや》なのだが、いい加減おぶる以外のこいつの運び方はないものか。

「……どうしました、何だか難しい顔をして？　おぶってくれていいですよ？」

「いや、もうちょい楽なお前の運び方はないもんかと思ってな。土木工事の親方に頼《たの》んで一輪車とか借りようかな？　いや、それも不安定だしいっそベビーカーみたいな物を作るのも……」

「おい、不穏《ふおん》な事を言うのはやめてもらおう！　何ですかベビーカーって、嫌な予感しかしないのですが！」

めぐみんが顔を引き攣《つ》らせて抗議《こうぎ》するが、俺は案外悪くないのではと思案に耽《ふけ》る。

うん、いけるんじゃないのだろうか。

ついでに頑丈《がんじょう》に作って、帰りにモンスターに出くわした時もめぐみんを乗せたまま加速を付けてぶつけてやれば、それなりの武器にもなるのでは……。

「カズマ、黙《だま》り込まれると不安になるので何とか言ってください！　ほら、私を背負うのも役得ではありませんか？　女の子とのスキンシップというやつが味わえなくなりますよ？」

「発育途上《とじょう》のお前の体はあちこちが固いんだよなあ。どうせならもっと柔《やわ》らかい子をおぶりたい」

「この男！」

と、俺とめぐみんがそんな事を言い合っていたその時だった。

「フハハハハハ！　どうやらお困りの様だな、口ではそんな事を言いながらも内心では毎度おぶって帰るのを密《ひそ》やかな楽しみにしている男よ！」

「お前いきなり出てきて何言ってんだ、だだ誰《だれ》が楽しみにしてるってんだよ！」

一体どこにいたのか知らないが、突如《とつじょ》としてそこに現れたバニルが俺を見て笑《え》みを浮《う》かべる。

こいつひょっとして俺達をつけていたのだろうか。

アクアが監視するとか言っていたが、真逆な事をされているのだが。

「なに、気に病《や》む必要はない、欲望《よくぼう》に素直《すなお》なのは良い事だ。我輩《わがはい》も欲望の赴《おもむ》くままにこうして汝《なんじ》の羞恥《しゅうち》の悪感情を貪《むさぼ》っているのだからな」

……街に帰ったらアクアをけしかけてやろうか。

と、そんな俺達に寝転《ねころ》がったままのめぐみんが、

「あの、どうでもいいのですがそろそろおぶってはいただけませんか？　土の上に寝ているのは肌寒いのです」

言いながら、早く背負えとばかりに両手を伸《の》ばす。

「しょうがねえなあ……。今日はおぶって帰るけど、明日《あした》からは一輪車な。別にお前をおぶる事を楽しみにしてたわけじゃないからな」

「街中を物みたいに運ぶのはさすがにやめて欲しいのですが。……バニル、どうしましたか？　というか、その手にあるのは何です？」

めぐみんの言葉に、俺もバニルが手にしている何かに気がついた。

「うむ。これこそが、我輩が汝らの跡《あと》をつけてここまで来た理由である。普通《ふつう》におぶるのは疲《つか》れる。だが、発展途上娘《とじょうむすめ》のぬくもりや感触《かんしょく》も楽しみたい。そんな欲深《よくぶか》い汝にオススメの逸品《いっぴん》だ。さあ、お一ついかがかな？」

「おいやめろよそういう事言うの。お前が余計な事言う度《たび》にパーティー内での俺を見る目がきつくなるんだぞ。……それ、何？」

バニルが取り出したのは何かの紐《ひも》。

「おんぶ紐である」

「カズマ、それは絶対買わないでください！　この年でおんぶ紐だけは許してください、せめて一輪車でお願いします！　……どうして財布《さいふ》を開くのですかカズマ？　カズマ!!」

3

　バニルから購入《こうにゅう》した便利アイテムのせいで、めぐみんが口を利《き》いてくれなくなってから早三日。

「――いたわね。見なさいなカズマ、あの悪魔ったら女の人をナンパしてるわよ」

「女の人っていうかおばさんな。ていうか、おばさんの方が好意的に話し掛《か》けてるし、商売してる様にしか見えないんだが。大体ナンパなんて悪事に入らないだろ」

　俺は今、アクアが以前言っていたバニルの監視を行っていた。

　なぜそんなに間が空いたのかといえば、まあ天候だったり夜遊びだったり様々な苦難があったからに他《ほか》ならない。

　未《いま》だおんぶ紐を警戒《けいかい》するめぐみんはダクネスと共に日課をこなしに行き、このアクアの遊びに付き合わされているのは俺だけだ。

　壁《かべ》に張り付きバニルをこっそりと監視しているアクアが言った。

「バカねカズマ、見知らぬ人にあの手この手で近付いて、適当な事を吹《ふ》き込んで洗脳するのが悪魔の手口なのよ？」

「その手口はお前んところの信者がやってる事と何一つ変わらないじゃないか」

俺達の視線の先では、井戸端《いどばた》会議中のおばさん達がバニルと歓談《かんだん》に耽っていた。

時折笑いが聞こえる事から、自称《じしょう》女神よりも街に馴染《なじ》んでいる様だ。

「ねえカズマ、おかしいわ。果物《くだもの》屋のおばさんがとっても親し気にしているの。私なんて、買い物に行く度に嫌そうな顔されるのに」

「お前は店に行く度に毎度値切ろうとするからだろ。おっ、どこかへ行くみたいだぞ」

やがて歓談が終わると、おばさん達と別れたバニルが街の商店街へと歩いていく。

俺達は、早速《さっそく》その後を付いて行く事にした――


「――さあ、これなるは霊験《れいげん》あらたかなバニル人形！　これを部屋の中に置いておけば、幽霊《ゆうれい》が恐《おそ》れをなしていなくなる事間違《まちが》いなし！　今なら夜中に笑い目が光るおまけ機能まで付いてくる！」

商店街の人混《ひとご》みの中、路上販売《はんばい》を始めたバニル。

そこには、以前俺達が戦った事のある怪《あや》しげな人形を縮めた物が並べられていた。

「……あの、それは本当に幽霊を追い払《はら》う効果があるんですか？」

そんな怪しげな路上販売に一人の女性がおそるおそる近付いた。

「うむ、エリス教会で販売している怪しげな護符《ごふ》よりもよほど効く。難点は、窓際などの人に見られやすいところに置いておくと、ミーハーな悪魔達に持ち去られる可能性がある事ぐらいか」

「一つください！　ああ、これで夜毎《よごと》悩《なや》まされる事がなくなります！　あの姑《しゅうとめ》ときたら、亡《な》くなった後ですら嫁《よめ》いびりにくるんですよ⁉　毎晩枕元《まくらもと》でバタバタ暴れて眠《ねむ》らせないんです！　これであの女に目に物見せてやるわ！」

俺とアクアは、そんな物騒《ぶっそう》な事を言っている女性客とバニルの様子を、物陰《ものかげ》に隠《かく》れたまま遠くから眺めながら。

「……おい、あの女の人は幽霊に困らされてるらしいぞ。あれってお前の管轄《かんかつ》じゃないのか？　悪魔の方が役に立つってどういう事だよ」

「何言ってるのよ、あれにはちゃんと事情があるの。あの人の姑はね、生前の嫁いびりを反省して謝りたいらしいのよ。それで、夜な夜なあの人の枕元に立ってお詫《わ》びの創作ダンスを踊《おど》ったりしてるんだって。祓《はら》おうとした際、本人に聞いたんだから間違いないわ」

それって嫁いびりを継続《けいぞく》してるだけだと思うんだが。

「それにしてもあんな物でも売れるのね、私も布教を兼《か》ねてアクア人形を作ってみようかしら。水の女神《めがみ》の超《ちょう》パワーを込めて、清らかな夜明けと共に人形が綺麗《きれい》な水を生成するってのはどう？　何かと便利だし、子供達に人気が出ると思わない？」

「人形を抱《だ》いて寝た子供達が夜明けと共に大惨事《だいさんじ》だな。翌朝、おねしょと間違われて母ちゃんに怒られる姿しか思い浮かばないぞ」

そんな事を言っている間にも怪しげな人形はどんどん売れ、やがては完売となった様だ。

路上に広げていた風呂敷《ふろしき》を畳《たた》むと、バニルはやがてどこへともなく去っていく。

俺とアクアが慌《あわ》てて後を付いて行くと……。

バニルが突然立ち止まり、首をぐるんと百八十度回転させるとこちらを真っ直《す》ぐ見つめてきた。

「――怖《こえ》えよ！　つけてたのは悪かったけどもうちょっと穏便《おんびん》な声かけしろよ！」

「そうよ、通りすがりの子供がびっくりして泣いてたじゃない！　あんた、あの子と私に謝りなさいよ！　まあ別に私はびっくりしてないけれど、私にも一応ね！　私は本当にびっくりしてないけど！」

尾行《びこう》している事に気付かれ逆に驚《おどろ》かされた俺達は、バニルに食ってかかっていた。

「勝手に跡をつけておきながらなんたる理不尽《りふじん》。ストーカー女神に臆病《おくびょう》な小僧《こぞう》よ、一体

「いや、まあ、お前がこの街でちゃんとやれてるのかがちょっと気になってな」

我輩に何の用だ？」

「あんたが悪事を働いていないか見張ってたのよ！」

俺が言葉を選ぶ中、アクアがアッサリ暴露《ばくろ》する。

「悪魔《あくま》に悪事を働くなとは我輩の存在の根幹を揺《ゆ》るがす事だと思うのだが、この街ではやるべき事があるのでな、心配せずとも何もせんわ。というか赤字店主の働きのおかげで今月も財政がピンチでな。バイトで稼《かせ》がねば店が差し押さえられてしまうのだ」

店の赤字のために金策に走る魔王の幹部など見たくなかった。

「悪魔の言う事なんて信じられないわね。やましい事がないってのなら、このまま私が付いて行ってもいいわよね？」

アクアの言葉にバニルは心底嫌《いや》そうに口元を歪《ゆが》めると、

「貴様が後をついてくるだけで既《すで》に嫌な予感しかしないのだが……。まあいい、我輩の邪《じゃ》魔《ま》をしないというのであれば勝手にするがいい」

そう言って、手をひらひらさせながらその場を後にした――

「――いらさいいらさい、新鮮《しんせん》なジャガイモ男爵《だんしゃく》が特売ですよー！　跳《は》ねて踊って食べられる！　穫《と》れたてピチピチジャガイモ男爵ですよー！」

「今晩のおかずのオススメはこちら、栄養満点の蓬莱《ほうらい》ニンジン！　戦ってよし食べてよし一緒《いっしょ》に寝てもらうもよし、根っこの部分がセクシーな、蓬莱ニンジンはいかが！」

一体どうしてこうなった。

俺の目の前ではアクアとバニルが八百屋の前で客引きをしていた。

「ええい特売女め、我輩のバイトの邪魔をするな！　ニンジンが売れて利益が上がっただけバイト代も上昇《じょうしょう》するのだ。なぜ唐突《とうとつ》にバイトを始めたのかは分からんが、客引きなら我輩から離《はな》れてやれ！」

「ちょっと、叩《たた》き売られそうなその呼び名はやめなさいよ！　だって仕方ないじゃない、あんたの客引きしてる姿を見てたら昔のバイト生活を思い出しちゃって、負けられない気持ちがもりもりと……」

八百屋の店主とは知り合いなのか、バニルが働く姿を見たアクアは自分もバイトしたいと駄々《だだ》を捏《こ》ね、対抗心《たいこう》剝《む》き出しでせっせと客引きを行っていた。

「くだらない対抗心だけで商売の邪魔をするな！　……おっとそこの道行く冒険者《ぼうけん》よ、汝に苦難の相が見える。だがこのニンジンを買っていけば吉《きち》と出た！　大事に懐《ふところ》に入れておけば、モンスターとの戦いの最中《さなか》囮《おとり》になってくれる事請《う》け合いである！」

「それならジャガイモ男爵の方がオススメよ！　男爵は武闘派《ぶとうは》だから、うまく飼いならせば囮どころか前衛にだってなれるかもしれないわ！」

野菜はちゃんと食材として使え。

相変わらずのこの世界の不条理さに憤《いきどお》りを感じている間にも野菜は次々に売れていく。

「私の方がたくさん売れてるわね。まあ当然と言えば当然よね、これが日頃《ひごろ》の行いの差ってやつかしら」

「利益は我輩《わがはい》の方が上だがな。高価な蓬萊ニンジンはジャガイモ男爵などとは味も値段も戦闘《せんとう》力も格が違うわ」

野菜の戦闘力ってなんだと問い詰《つ》めてやりたいところだが、そんなくだらない対抗心を燃やしている二人をよそに、八百屋の店主はほくほくだ。

「いやー、二人とも助かるよ。いっそ本格的にウチで働かないかい？　きっとこの商売はあんた達の天職だよ、俺が保証する！」

そいつらの天職、女神と悪魔なんですよ。

「せっかくの申し出は有り難《がた》いのだが、我輩にはやるべき事があるのでなあ。たまのバイトなら構わんのだが……」

「そうね。私としては八百屋道を極《きわ》めるのも悪くないんだけど、そんな事をすれば全国一千万のアクシズ教徒が泣くからね……」

お前らもなんでちょっとだけ乗り気なんだ。

4

翌朝。

「あの悪魔、ちっとも尻尾《しっぽ》を出さないわね」

ソファーの上でだらしなく寝転《ねころ》がりながら、仏頂面《ぶっちょうづら》のアクアが言った。

昨日は労働の喜びに目覚めたアクアが遅《おそ》くまでバイトに励《はげ》み続け、気が付けば一日が終わっていた。

「俺は考え過ぎだと思うけどなあ。あいつ、迷惑《めいわく》なだけで多分害はないと思うぞ？　今日もあいつの跡《あと》つけるのか？」

「そうなのかしら？　まあ、このまま何も問題を起こさないのならいきなり退治すると私が悪者扱《あつか》いされるしね。アレの調査も今日のところはお休みにしましょうか。だって昨日は働いたんだもの、労働の後には休息が必要よ」

たった一日のバイトで休息の必要があるのかは疑問だが、俺としては妙《みょう》な事に付き合わされないのならその方がいい。

俺は暖炉《だんろ》の中に薪《まき》を放《ほう》り込みながら、昨日、アクアがバイト料代わりにもらってきたジャガイモ男爵を暖炉の灰に埋《う》めて焼き上げる。

アルミホイルがあればホイル焼きが出来るのだが、この世界にはさすがにそんな物はない。

室内にジャガイモの焼ける良《い》い匂《にお》いが漂《ただよ》いだすと、アクアがいそいそとバターと醤油《しょうゆ》を取りに行った。

ちなみに俺の隣《となり》には、バニルが持ってきた便利アイテムおんぶ紐《ひも》を警戒《けいかい》し、ここ最近口を利《き》いてくれなくなっためぐみんがいる。

プライドより食い気の方が優先されたらしく、暖炉の前に屈《かが》み込み、芋《いも》が焼けるのを今か今かと待っていた。

ちょろいなと思いながら俺が灰の中から良い感じに焼けたジャガイモをほじくり出していると、二階からダクネスが起き出してくる。

「お前が一番最後に起きてくるだなんて珍《めずら》しいな。いい感じに芋が焼けてるけど食うか？」

眠そうに目をしぱしぱさせて、ダクネスはコクリと頷《うなず》いた。

「頂こう。いや、とある怪《かい》事件の捜査《そうさ》のせいで、昨夜は遅くまで帰れなくてな」

……怪事件？

「――実はここ最近、宿に泊《と》まっていた冒険者達が悪夢にさいなまれていると言われていてな」

じゃがバターを口にしながら発したダクネスの言葉に、俺は小さく首を傾《かし》げる。

「悪夢ぐらい誰《だれ》だって見るだろ？　それのどこが事件なんだよ？」

俺の疑問にダクネスは、困り顔を浮《う》かべながら、

「私もそう思うのだが……。なんでも、冒険者が寝泊《ねと》まりしている部屋から悲鳴が轟《とどろ》き、店主が何事かと部屋に駆《か》け付けると、彼らは皆《みな》一様に悪い夢を見ただけだと言うらしいのだが……。その数があまりにも多すぎて、モンスターか何かの仕業《しわざ》なのではと宿屋の店主から訴《うった》えがあってな」

モリモリとリスの様にじゃがバターを頬張《ほおば》っていためぐみんが、

「悪夢を見せるといえば、ナイトメアと呼ばれる黒馬の姿をしたモンスターがいますね。しかし、そんなものが街に入ってくれば分からないはずがないと思いますが……」

まあ、夜中に馬なんかが街をウロウロしてたら誰かが気付くよなあ。

と、それを聞いていたアクアがポンと手を打つと。

「ねえカズマ、これは日頃の行いが良い私へのご褒美《ほうび》よ！」

口周りの醤油を拭《ぬぐ》いながらそんなろくでもない事を口走る。

「人の不幸で飯が美味《うま》いってか？　お前そんな事ばっか言ってるといい加減罰《ばち》が当たるぞ？」

「違うわよクソニート、誰がこの私に罰を当てられるのよ！　ほら、あのへんてこ悪魔がおかしな人形を作って売ってたじゃない」

アクアの言葉に昨日バニルが幽霊《ゆうれい》除《よ》けの人形を売っていた事を思い出す。

「お守りよ！　アクシズ教のお守りを売るの！　ナイトメアってのはね、人に悪夢を見せて悪感情を食べる下級悪魔の一種なのよ。私が気合いを入れて作ったお守りなら下っ端《ぱ》悪魔なんて近付けないわ！　これが上手《うま》くいけば、お金も儲《もう》かるしアクシズ教団の評判も上がり、悪夢を見る人もいなくなる！　皆が幸せになれる素晴《すば》らしい案じゃないかしら！」

珍しく良い発案をするアクアに向けて、皆が訝《いぶか》しむ視線を送る。

「お前どうしたんだ、じゃがバターに変な物でも混じってたのか？　ジャガイモ男爵なんて変な名前の野菜だもんな、おかしな効果があっても不思議じゃないよな」

「あんた本当に罰当てるわよ。私だってたまには良い考えを思い付くわよ」

一応たまにはって自覚はあったのか。

「ふむ、そういう事なら私も協力しよう。アクアのプリーストとしての力だけは信用している。そのアクアが作るお守りだ、きっと効果があるだろう」

「ねえダクネス、今プリーストとしての力だけはって言った？」

「そうですね、他《ほか》はともかく悪魔《あくま》退治に関しては信用してもいいでしょう。私も出来る事があれば手伝いますよ」

「ねえめぐみん、今他はともかくって言ったでしょ」

——こうして。

謎《なぞ》の悪夢事件解決のため、アクシズ教団特製お守りが販売《はんばい》される事になった。

5

「——売れないわね」

冒険者ギルドの片隅《かたすみ》で、テーブルにお守りを並べたアクアが言った。

アクアがギルド職員に駄々を捏ね、半ば無理やりに近い形でお守り販売の許可をもらってきたのだが。

「悪魔除けのお守りは持っていて損になる物でもあるまいに。悪夢にうなされるのは男の冒険者ばかりだと聞いたのだが、なぜ彼らは頑《かたく》なに買おうとしないのだろう？」

お守りがちっとも売れない事にダクネスが疑問の表情を浮かべる。

「彼らも冒険者ですからね。悪魔を怖《こわ》がってお守りを買う事を恥《はじ》だと考えているのかもしれません」

少しだけその気持ちも分かるといった風にめぐみんがうんうんと頷くが。

「……なあアクア。一つ聞きたいんだが、悪魔除けって事は、もちろんサキュバスだって近付けないんだよな？」

「そりゃそうよ。サキュバスなんて弱っちい悪魔が私の特製お守りに近付けるわけないでしょう？　そういえばカズマは以前サキュバスに襲《おそ》われてたもんね、アレがトラウマにでもなったのね？　しょうがないわね、カズマにも一つあげ」

「いらない」

俺はアクアに即答《そくとう》する。

「なによ。せっかくタダでお守りあげようって言ってるのよ？　素直に受け取っとき」

「いらない」

最後まで言わす事なく俺は再び即答する。

というかお守りが売れない理由に気付いてしまった。

悪魔を寄せ付けないお守りなんて持ってたら、サキュバスサービス受けられないじゃん。

それどころか、そんな物を身近に置いておくだけでもサキュバス達に嫌《きら》われるかもしれない。

と、その時だった。

「ようカズマ。こんな所で何してんだ？」

声を掛《か》けてきたのはチンピラ冒険《ぼうけん》者として有名なダストとキース。

「悪魔除けのお守りを売ってるんだよ。まあ、売り上げはさっぱりなんだけどな」

俺の言葉にそりゃそうだろうなと苦笑《くしょう》する二人。

俺はそんな二人が、何かのチケットを大切そうに握《にぎ》り締《し》めているのに気が付いた。

「なあ、それって何のチケット？　ていうかあの店の割引券に似てるけど、色が違うな」

それを聞いたダストとキースは、ニヤリと笑《え》みを浮かべてアクア達から離《はな》れると、俺にこいこいと手招きしてくる。

「……？　なんだよ、一体どうしたんだよ？」

疑問に思いながらも二人の傍《そば》に行く俺に、ダストは身を屈めて囁《ささや》いた。

「最近、例の店が特殊《とくしゅ》なサービスを始めたんだよ。このチケットはお試《ため》しチケットってやつでな、今なら無料でサービスが受けられるらしいぜ」

マジか。

早く店に行かないとチケットが無くなるんじゃないかとソワソワする俺に向け、キースも声を潜《ひそ》めると。

「その特殊サービスってのがよ、何でも当たりが交じってるそうなんだ」

おいマジか。

「当たりって何だよ、凄《すご》いのか？　凄い夢が見られるのか？　でも好きな夢を見られる以上、当たりって言われても……」

当たりとは何なのか真剣《しんけん》に悩《なや》む俺に、同じく真面目《まじめ》な顔をしたキースが言った。

「そりゃあ相手はサキュバスだ。当たりと言ったら……。……夢じゃない……とか？」

俺はその場に皆を置いて、店に向かって駆け出した。

6

家に帰るとアクア達にどこに行ってたんだと文句を言われた俺は、お守り販売の手伝いは明日《あした》にしてくれとお願いすると。

「大丈夫《だいじょうぶ》、俺はとても運が良い。だからきっと大丈夫。俺が当たりを引かないはずがない」

ダスト達と飲みに行くと言い残し、街の宿に泊まっていた。

「歯磨《はみが》きはしたし風呂《ふろ》も入った。念入りに洗ったから大丈夫」

時刻は既《すで》に夜も更《ふ》け、街の酒場も灯《あか》りを落とす。

「相手はプロのお姉さんだし、俺が初めてでも大丈夫。笑ったりしないから大丈夫。だだ、大丈夫だ！」

ベッドに潜《もぐ》り込んだ俺は、先ほどからそうやって、何度も自分に言い聞かせていた。

やばい、目が冴《さ》えて眠《ねむ》れない。

いや眠らない方がいいのだろうか？

いやいや、もし当たりじゃなかったら気持ちだけ昂《たか》ぶって夢も見られないという最悪な事態になる。

そうだ、優《やさ》しいサキュバスのお姉さん達の事だ、当たりならきっと優しく起こしてくれるだろう。

となればどうにか頑張《がんば》って早く寝《ね》ないと……。

「ッ!?」

その時、俺の脳裏《のうり》に電撃《でんげき》が走った。

なかなか寝付けずにいる俺に、夢を見せにきたサキュバスが、困り果てた末にそれなら
いっそ……と、実際に体を張ってサービスをする。

次は、そんなシチュエーションの夢をお願いしようと思う。

「ああ、どうしてもっと早く思い付かなかったんだ。そうすりゃこんなにドキドキしなく
ても済んだのに……！」

このシチュエーションの注文を受けたサキュバスが、そのまま夢に出てくれるとベスト
だな。

いや、セクハラとして引かれるか？

いやいや、心優しいサキュバス達ならきっと笑って許してくれる。

むしろ挑発《ちょうはつ》的にからかってくるかもしれない。

そうだ、そうしよう、アクア達に不審《ふしん》がられるかもしれないが、明日も通うとしよう。

俺がそう決意した、その時だった。

「お客さん、起きてますか……？」

窓から聞こえる小さな声。

それを聞いた俺の心臓がドクンと大きく脈打った。

「おおお、起きてます。すいません、なかなか寝付けなくって」

ベッドから跳《は》ね起きながら上擦《うわず》った声で返事をすると、クスクスと楽し気な笑い声が返ってくる。

「いいんですよお客さん。中には緊張《きんちょう》してなかなか眠れないという方もいらっしゃいますから。特に、初めてのお客さんなんかに多いんです」

それを聞いて少しだけ安心すると同時に、サキュバスの優しい心根に嬉《うれ》しくなる。

ベッドから身を起こしたまま窓を見ると、そこにはいつか俺の屋敷《やしき》に侵入《しんにゅう》して捕《つか》まった、ロリサキュバスが微笑《ほほえ》んでいた。

サキュバスはそっと窓を開けると、部屋の中にするりと身を滑《すべ》らせてくる。

「でもどうしましょうか。今からお客さんに寝てもらっても、良《い》いところで朝になっちゃいそうな時間帯ですし……」

サキュバスはそう言って困り顔を浮《う》かべると、俺をジッと見つめてきた。

「いや、寝られなかった俺が悪いんだし気に病《や》まなくていいよ。それにほら、以前ウチの屋敷に来てもらった時に迷惑《めいわく》かけただろ？　だから、それでおあいこって事で……」

慌《あわ》てる俺にサキュバスは、クスリと小さく微笑むと、

「そういえば、お客さんにはあの時助けてもらいましたね。まだお礼を言っていませんでした」

そう言って、こちらに一歩踏《ふ》み出して。

「い、いやほら。助けたって言っても俺の仲間が君を捕まえたわけで、それでお礼を言われるのも違《ちが》う気がするし……」

声が上擦らない様に、俺は極力気を付けながら。

「あの時体を張って助けてくれて、私、嬉しかったんです」

さらに一歩こちらに踏み出したサキュバスは、

「おお、女の子を助けるのは冒険者として当たり前って言うか……」

完全にパニクっている俺の唇《くちびる》に手を当て、それ以上の言葉を遮《さえぎ》ると。

「サキュバスで悪魔の私を、女の子って言ってくれるんですか？　……嬉しいです」

闇《やみ》の中で優《やさ》しくはにかみながら。

「お客さん。このまま眠れないのなら……。私にお礼をさせてもらえませんか？」

7

「アクアあああああああ！　アクア、アクア、アクアあああああああ！」

俺は屋敷に駆《か》け込むと、血走った眼《め》でアクアを捜《さが》す。

「ど、どうしたのよいきなり。アクアさんはここに居るわよ？」

いつもの定位置であるソファーの上で、パジャマ姿のアクアが戸惑《とまど》いを見せた。

「アクア、あいつ殺そう！　俺は絶対にあの野郎《やろう》を許さない、ぶっ殺してやる！」

「ダクネスみたいな事言ってないで落ち着きなさいな。あいつって誰《だれ》よ、昨日は外泊《がいはく》したと思ったら一体何があったの？」

いつになく冷静なアクアに俺は、昨夜の出来事を泣きながらまくしたてた。

「――えっと、お礼を言いに来た女の子と朝ちゅんしようとしたら実はバニルで大当たりって言われたって、ちょっと何を言ってるのかさっぱりなんだけど」

「俺に何があったのかはどうでもいいんだよ！　つーか思い出すとムカムカしてくる、夜中に大声で悲鳴を上げて宿のおっさんに怒《おこ》られたんだぞ！　それよりあいつを退治しに行こう、お前の言う通り悪魔《あくま》は敵だ！」

泣きながら訴《うった》える俺に向け、アクアは何だか怯《おび》えた様子を見せながら。

「あのね、昨日ダクネスと話しあったんだけど……」

そのアクアの言葉を引き継《つ》ぐ様に、ダクネスが何だか言いにくそうに口ごもると。

「うむ。あれでバニルは、街のゴミ掃除《そうじ》をしたりカラスを追い払《はら》ったりと、なかなか感心な姿勢を見せてな。それで、その……。一応、街の住人として正式に迎《むか》える事に……」


その日。

俺はこの世から、悪魔と魔王の幹部を根絶やしにする事を静かに誓《ちか》った。

KONO SUBARASHII SEKAI NI SYUKUFUKU WO! YORIMICHI!
偽者注意！

1

それは、昼食時は過ぎたものの夕食にはまだ早い時間帯。

なんとなく小腹を空《す》かせた俺が、アクセルの街をブラブラしながら屋台で買い食いしていた時の事だった。

「おい、そこの兄ちゃん」

屋台で謎肉《なぞにく》の串焼《くしや》きを買い、ベンチに腰掛《こしか》けそれを頰張《ほおば》っていた俺に、冒険者《ぼうけん》とおぼしき男が声を掛《か》けてきた。

この街で俺の事を兄ちゃん呼ばわりするという事は、多分他所《よそ》から来た人なのだろう。

「これふってはらでいいでふか？」

「……あ、ああ、悪いな食事の邪魔《じゃま》しちまって」

俺は串焼きをもぐもぐしながら、声を掛けてきた冒険者を観察する。

背は俺よりも頭二つ分高いぐらいか。

黒系で統一した軽装鎧《よろい》に身を包み、その上から同じく黒のマントを羽織っている。

顔は一言で言えば強面《こわもて》だが、渋《しぶ》さを感じさせるイケメンでもあった。

鎧のあちこちに付いた小さな傷と、腰《こし》の左右に下げた二本の双剣《そうけん》の使い込まれ具合から、かなりのベテラン冒険者だと一目で分かる。

赤茶けた髪色《かみいろ》、そして、意志の強そうな茶色の瞳《ひとみ》が只者《ただもの》ではなさそうな眼光を放っていた。

──まず間違いなく、俺よりも遥《はる》かに高レベルで強そうな歴戦の猛者《もさ》だ。

「食ったままでいい。そのままで聞いてくれ。実は、人を捜《さが》していてな」

男はそう前置きすると。

「俺の名はオズマ。ザトゥ・オズマだ。この街にサトウ・カズマとかいう男がいると聞きやってきた。ここでは有名な男らしいが、どこに行けばそいつに会えるのか教えてくれないか」

俺は食い掛けの串焼きを噴《ふ》き出した。

「──大丈夫《だいじょうぶ》か？　ほら、クリエイトウォーターで水作ったから、これでも飲め」

むせて咳《せ》き込んでいる俺に水の入ったコップを差し出しオズマが言った。

……そう、オズマである。

「オズマさんっていいましたっけ、ありがとうございます。……えっと、オズマさんは冒険者ですよね？　その、佐藤和真《さとうかずま》に一体なんの用事があって……」

俺は受け取った水をちびちび飲みながら、それとなく探《さぐ》りを入れる。

ていうか名前超《ちょう》似てる。

これってアレか、名前が似てるから改名しろとか、その名前使う気なら使用料よこせとかそんな流れだろうか。

親からもらった名前にケチ付けられるいわれはないが、こんな強面の腕利《うでき》きに脅《おど》されたら思わず財布《さいふ》を渡《わた》しそうだ。

「実は、俺に似た名前のそいつが、随分《ずいぶん》と評判が悪くてな。おかげで色んなところでとばっちりを受けてるんだ。その事で一言文句を言ってやろうと思ってな。……まあ、他《ほか》にも用があるんだが……」

オズマはそう言うと苦笑《くしょう》しながら後ろ頭をガリガリ掻《か》いた。

なんというか、別に悪い人ではなさそうだ。

俺の悪い評判とやらは気になるが、まあ良い噂《うわさ》が流れていないのは知っている。

短絡《たんらく》的な人にも見えないし、きちんと話をすれば分かってくれるのではないだろうか。

「……怒らないで聞いてくれよ？　実は」

と、言い掛けたその時。

「オズマ！　もう、こんなところにいた！　カズマとかいう不届き者は見つかった⁉」

遠くから女性の声が掛けられる。

それと共に、こちらに向かってやってくる三人の女冒険者。

「ちょっとオズマ、あなたは顔が怖《こわ》いんだから情報収集は私達がやるって言ったでしょう？　今のあなたは、街の男の子を脅してるようにしか見えないわよ？」

そう言って、俺に憐《あわれ》みの目を向けてきたのは黒髪の魔法使い。

「すいません、ウチのオズマさんがご迷惑をおかけしまして……」

と、申し訳なさそうに頭を下げる、青みがかった髪色のプリースト。

そして……、

「少年、すまなかったな。だが、この男は根は悪いヤツではないんだ。怖がらないでやってくれ。ああ、私は……」

くすんだ金髪《きんぱつ》に碧眼《へきがん》の美女が、見事な騎士《きし》の礼を見せながら微笑んで。

「私の名はラクレス。クルセイダーを生業《なりわい》としている者。少年、キミの名前は？」

「俺は田中《たなか》と申します」

俺は偽名《ぎめい》を使う事にした。

2

「お待ちどおさま。こちら、カエルの舌のカリカリ揚《あ》げです！」

「おっ、これこれ。こいつがまた美味《うま》いんですよ」

場所を変えた俺達は、手近な店で食事をしながら話をする事になった。

俺の目の前に置かれた皿を見て、魔法使いの女の子が顔を顰《しか》め。

「カ、カエル？　うわあ、私は無理。パス。ねえ、走り鷹鳶《たかとび》か雪鳥兎《ゆきどりうさぎ》のお肉はないの？」

どうやら他の街の冒険者は、カエル肉は初体験のようだ。

「ここは駆け出し冒険者の街ですよ？　最弱モンスターのカエル肉が主流です。他の肉はあんまり食った事ないですね。さっきの屋台の串焼きも美味いんですが、店主が頑《かたく》なに材料を教えてくれないんですよ。俺達の間では謎肉って呼んでるんですけどね」

「あ、あなた、よく得体の知れないお肉を食べられるわね。へたな冒険者より勇気があるんじゃない？」

これでも冒険者の端《はし》くれですからとは、もちろん言わない。

この魔法使いの女の子は、先ほどこう言ったのだ。

『カズマとかいう不届き者は見つかった!?』と。

「タナカさんとおっしゃいましたね。どうぞ遠慮《えんりょ》なく食べてください。お話を聞かせてくれる、せめてものお礼ですから」

そう言って微笑《ほほえ》みかけてくるのはプリーストのお姉さん。

この人は、名をアキュアというらしい。

そして……、

「ねえ、食べないの？　どんな味なのか感想教えて！」

カエルを食べる事をリタイアしたものの、好奇心旺盛《こうきしんおうせい》なのか期待に目を輝《かがや》かせる魔法使い。

他の連中もどことなく俺の仲間に名前が似ているのだが、よりにもよってこの子が……。

「メグミ、情報料としてこうして食事を奢《おご》ってるんだぞ。これはいわば彼への対価だ。それなのに、そんなに急《せ》かして食わせてどうするんだ。食事ぐらいゆっくり食べさせてやれ」

「分かったわよもう……。でも、どんな感じなのか、知りたいなあ……」

言ってこちらを期待の眼差《まなざ》しでチラチラ見てくる魔法使い、メグミ。

……そう、メグミである。

俺は色々とツッコみたいのを我慢《がまん》しながら、フォークを手に取りカエルの舌のカリカリ揚げを口に放《ほう》ると……、

「カリカリする」

「まんまじゃん！　ねえ、ここの常連みたいに言ってたよね？　こいつがまた美味いんですよって言ってたよね!?」

俺の感想が気に入らなかったのかメグミが一々絡《から》んでくる。

馴染《なじ》みの店だと気軽にカズマさんと呼ばれる場合があるので、初見の店にこうして常連のフリをしてやってきたのだが……。

「ところで、メグミ……さんでしたっけ。その、変わった名前をしてますね」

「何よ、名前の後の小さな間は。でもそうね、名前についてはよく言われるわ。というのも、その……。私のおじいちゃんが付けてくれた名前でね、この名前は恵《めぐ》みをもたらすって意味があるんだって」

なるほど、この子は俺と同じ日本人じゃなく、ここに送られた日本人の孫って事か。

「それで、タナカ殿《どの》。この街での、カズマという男の評判はどうなのかな？」

カエルのカリカリを頬張る俺に向け、ラクレスが真剣な眼差しを向けてくる。

俺は無言でカエルのカリカリをポリポリと……。

「タナカ殿？　タ、タナカ殿、なぜキョロキョロしているのだ？」

おっと、タナカって俺の事か。

そういやそんな名前を名乗ったんだった。

「タナカさん……ですよね？」

「田中です」

戸惑《とまど》いの表情で尋《たず》ねるアキュアにそう告げると、俺はナプキンで口元を拭《ぬぐ》い。

「では、話しましょうか。俺が知っている、佐藤和真についての全《すべ》てを」

俺は、ゆっくりとこれまでの半生を語り出した――

「――うっ、うっ……。な、なんてかわいそうな人なの、カズマさんって……！」

俺が話を語り終えると、メグミが目を真っ赤に腫《は》らして泣いていた。

「まさか、街を救ったにもかかわらず借金を背負わされるとは……。しかも、それが二度もだと……！　許せぬ……！」

根が真面目《まじめ》な人なのか、ラクレスが怒《いか》りを露《あら》わにテーブルを殴《なぐ》りつける。

俺はそんな二人に笑いかけると。

「でもそんな莫大《ばくだい》な借金を背負わされた事すらも、偉大《いだい》なる彼にとっては些細《ささい》な事に過ぎなかったんですよ。彼は明晰《めいせき》な頭脳により新たな商品を次々と生み出し、今では借金を返し終え、多くの財産と屋敷《やしき》を手に入れて、今日もこの街のどこかで人々の幸せを願ってるんです……」

そう言って、俺は若干誇張《じゃっかんこちょう》はされたものの嘘《うそ》ではない物語を締《し》めくくった。

話が佳境《かきょう》に入ってきた辺りでアキュアは目を閉じ、ずっと祈《いの》りを捧《ささ》げている。

そして……。

「でっけえ漢《おとこ》だ……」

オズマが深々とため息を吐《つ》きながら、背もたれに体を預けて天井《てんじょう》を仰《あお》いだ。

なんというか、これだけ好評を博してしまうと自分としてもちょっと照れくさくなる。

「良かったね……！　カズマさんが救われて、本当に良かったね……！」

先ほどまでは同情の涙《なみだ》を溢《こぼ》していたメグミが、今度は感動の涙を浮《う》かべていた。

中々感受性の強い子だ、最初会った時は一番俺に対して憤《いきどお》っていたから、これで誤解が解けるのなら有り難《がた》い。

「まあそんなわけで、みんな大好きカズマさんはこの街でも多忙《たぼう》な人だ。できればこれ以上の厄介事《やっかい》に巻き込まず、このままそっとしといてあげて欲しいんだ」

「そういう事なら仕方がない。彼には色々と話をしたかったのだが……。いいだろう、私達は明日、元いた街に帰るとしようか」

俺の言葉にラクレスが、苦笑を浮かべて言ってくる。

一仕事終えた俺が満足感に浸《ひた》っていると、天井を見上げていたオズマがふとこちらを向いて姿勢を正し。

「ありがとうタナカ、おかげで良《い》い話が聞けたよ。感謝する」

そう言って、深々と頭を下げてきた——

「——とまあそんなわけで、奢ってもらったから今日の晩御飯《ばんごはん》は要《い》らないよ。俺の分も皆《みんな》で食べてくれ」

屋敷に帰った俺が皆に先ほどの出来事を話し終えると、途中《とちゅう》から食事の手を止めて聞き入っていたダクネスが呆《あき》れた様にこちらを見ていた。

「お、お前……。本当にそれでいいのか？」

「何がだよ、俺は何一つ嘘は言ってないぞ。今の話に何か文句があるのなら言ってみろよ」

椅子《いす》に座る俺の膝上《ひざうえ》に乗り、手の付けられていない目の前の食事に興味津々《きょうみしんしん》なちょむすけを撫《な》でつけながら、俺はダクネスへと言葉を返す。

「でもまあ、納得《なっとく》してくれたのなら良かったではないですか。ここ最近色々ありましたしね。さすがの私も少しはゆっくりしたいです」

「そうね。メグミ……ンの言う通りだと思うわ。私もしばらくゴロゴロしたいもの」

……………。

「アクア、今私の名前を呼ぶ際に小さな間がありませんでしたか？　あと、いつもより呼び方に違和感《いわかん》が……」

「そんな事ないわよ。それよりメグミ……ン。そっちのお醤油《しょうゆ》取って」

……………………。

「この私を名前でからかうとはいい度胸ですねアキュア！　泣くまでくすぐり回してくれます！」

「あっ、何よメグミ！　魔法使《まほうつか》いが力で敵《かな》うとでも思ってるの？　アキュアって呼んでごめんなさいって言うまで、そっちこそ……！」

言ってバタバタと揉《も》み合いを始めるメグミとアキュア。

「よ、よさないか二人とも、まだ食事も済んでいないのに行儀《ぎょうぎ》が悪いぞ……」

一人ラクレス……じゃなくダクネスだけが、戸惑いながらも注意をするが。

「でもラクレスとダクネスって、どっちが聖騎士っぽい名前かって言われたら俄然《がぜん》ラクレスだよな」

「なっ!?」

めぐみんと同じく、名前にかんしては色々とからかわれる事が多いラティーナが、何か言いたそうな顔で食事の手を速める中。

「あはははははは！　めぐみ、めぐみんっ！　分かったから！　もうごめんなさいを言うからやめて！　やめて！」

「言ってる傍《そば》からまたメグミと呼びましたね！　このまま泣くまで止《や》めませんよ！」

俺は、そんな楽し気な笑い声を聞きながら。

厄介事を事前に防げた自分の幸運に感謝した――

3

『があああああああああああああ！　サトウカズマ！　出て来やがれ、決闘《けっとう》だごらあああああああああああ！』

翌朝。

俺は屋敷の玄関《げんかん》から聞こえてきたそんな大声で起こされた。

「ちょっとカズマ、なんか変なのが玄関先で騒《さわ》いでるんですけど！　あんたまた何やらかしたの？　悪い事したのなら一緒《いっしょ》にごめんなさいしてあげるから、ほら早く、玄関まで来て謝って！」

大声が聞こえたかと思えば、すぐさま部屋に飛び込んできたアクアの言葉に、

「何で俺がなんかやらかす事前提なんだよ、やらかし率で言ったらお前がダントツだろうが。……いや待てよ？」

ベッドから身を起こし、耳を澄《す》ませる俺の下《もと》に。

『サトウカズマあああああああ！　てめえ、ふざけやがって！　何がタナカだ、ぶっ殺してやる！』

そんな、聞き覚えのある声が聞こえてきた。

「おいどうしよう、これってアレだ。昨日俺が言ってた、俺達のパチモンの声だ」

「それって、昨日私がめぐみんに泣かされるハメになった原因の人？」

ひょっとして俺一人の話だけでは信じられず、他《ほか》の人にも俺の噂《うわさ》を聞いて回ったのだろうか。

何にしても、このまま家の前で叫《さけ》ばれても面倒《めんどう》だ。

「おいアクア、ダクネスとめぐみんはどうしてる？」

「二人なら玄関前で揉《も》めてるわよ。正確には、飛び出していこうとするめぐみんをダクネスがなだめてるわ」

それを聞いた俺はパジャマ姿もそのままに階下へと下りて行く。


「放してくださいダクネス！　このドアの向こうに、昨日私がアクアにからかわれた原因を生み出したやつらがいるのです！」

「相手はちょっと名前が似ているだけで、めぐみんには何もしていない！　目の前で人様に喧嘩《けんか》を売ろうとするのを見過ごせるか！」


そこではアクアの言う通り、めぐみんがダクネスに取り押さえられていた。

「あっ、カズマ！　外に、昨日カズマが話していた連中が来ているのですよ！　先ほどからドアを叩《たた》いたりこちらを偽者《にせもの》呼ばわりしたりと散々で……！」

「まあ落ち着けめぐみん。あいつなら今から俺が速攻《そっこう》で片を付けてやるから」

昨日の様に一人でいたのならともかくも、今は仲間もいる上にマイホームの中。

俺は堂々と玄関のドアを開けると、今まさに拳《こぶし》をドアに振《ふ》り下ろそうとしていたオズマに言い放つ。

「今から警察を呼びに行く。罪状は器物破損に脅迫《きょうはく》だ。この街の検察官は超怖《ちょうこわ》いからな、お前ら覚悟《かくご》しておけよ」

その言葉に拳を振り上げていたオズマがビクリと身を震《ふる》わせながら動きを止める。

「て、てめえ……！　昨日は俺達を騙《だま》した挙げ句奢《おご》らせておいて、いざ大事になれば警察頼《だよ》りか！　お前は噂以上の糞野郎《くそやろう》だな！」

オズマが顔を赤くしながら罵《ののし》る中、その後ろではオズマの仲間達が何か言いたそうな顔をして睨《にら》んでいた。

「おっと、どこで何を聞いたのか知らないが、俺は何一つ嘘は言っていないし騙してなんていないぞ。それにだ、飯を奢るから話を聞かせてくれって言ったのはお前の方だろ」

耳をほじりながら裸足《はだし》でペタペタと外に出る俺に向け、それまで黙《だま》っていたメグミがキリキリと眉《まゆ》を吊《つ》り上げる。

「こ、こいつ！　よく言うわね、この大嘘吐き！　あんたは私達にこう言ったじゃない！

『そのソードマスターはレベル三十を超《こ》える魔剣《まけん》の使い手。普通《ふつう》ならとても敵わないと、ここで仲間を譲《ゆず》り渡《わた》すのが賢《かしこ》いのだろう。でも彼は違《ちが》ったんだ。たとえ自分が数レベルの駆《か》け出しで、装備も安物のショートソード一本だとしても。たとえ職業が最弱職だったとしても。仲間を絶対に裏切れない、って』って！　でも詳《くわ》しく聞いてみれば、魔剣使いの男は檻《おり》に閉じ込められてた想《おも》い人を助けようと勝負を挑《いど》んで、不意討《ふいう》ちのスティールで魔剣を盗《と》られた挙げ句売り飛ばされ……！」

一気にまくしたててきたメグミに対し、俺は更《さら》にそれを超える早口で、

「はあー!?　それの何が悪いんだよ！　湖を浄化《じょうか》するってクエスト請《う》けて、檻の中から湖を浄化するっていう安全で超《ちょう》賢い作戦を決行したんだよ！　それを勝手に悪者扱《あつか》いされた挙げ句に仲間を寄越《よこ》せと喧嘩売られたんだぞ！　じゃあどうすれば良かったんだよ、戦えってか？　レベル差が三十もある、魔剣持ちで装備も整った上級職に、貧弱な装備の俺が真正面から挑んで散れってのか!?」

「だ、だって……だって……」

逆ギレされるとは思わなかったのか、メグミが青い顔で狼狽《うろた》える。

「それにだ！　昨日お前らは俺の話に感動してたんじゃなかったのかよ！　もう一度言うが俺は嘘は言ってないぞ！　受け止め方や価値観は人それぞれだから解釈《かいしゃく》は違うかもしれない。でも、本当に嘘は言ってない！　それなのにお前ときたら、昨日あれだけ泣いてくれたってのに、今日はこの俺を大嘘《おおうそ》吐《つ》き呼ばわり……！」

「そ、それは……！　ちち、違うの、確かにあの時は感動したけど、一晩寝《ね》て冷静になっ

て考えたら、一人の話を聞いただけじゃわからないよねって話になって……！　事実、あなたの言い分は一方的だったわけなんだし……」

言いながら後ずさるメグミに向けて、俺はトドメとばかりに言い放つ。

「それってつまり、あれだけ泣いてたくせに俺をどこかで疑ってたって事だよな！　確かにちょっと盛ったりもしたけど、それとこれとは別の話だ！　せっかく善意で付き合ってやったってのにこの仕打ちかよ！　傷ついた、なんかもうすげー傷ついた！」

「ええっ⁉　わ、私、別にそんなつもりじゃ……」

泣きそうな顔のメグミに向けて、

「謝れよ！　俺を疑った事を謝れよ！　解釈なんて人それぞれなんだから言い分が違うのは当たり前だろうが！」

「そうよ、謝って！　カズマさんを疑った事をちゃんと謝って！　今回は確かにカズマさんが悪いと思うけど！　でも、よくわかんないけど謝って！」

「ついでに名前の事でも謝ってもらいましょうか！　あなたのおかげで私はえらいとばっちりを受けたのですから！」

「ご、ごめんなさ……」

なぜかアクアやめぐみんまでもが俺に追従《ついじゅう》する中、勢いに押されたメグミが謝ろうと

……、

「待てこらあああ！　そんなんで誤魔化《ごまか》されるかよ、メグミ、お前も謝るな！　流されそうになるんじゃない！」

「そ、そうね、そうだったわ！　よく考えたら何一つ謝る事なんてないじゃない！　聞いたわよ！　あんた達全員が、何かしらの欠陥《けっかん》を抱《かか》えてるへっぽこパーティーだって事を！」

オズマに言われて気が付いたのか、メグミが我《われ》に返って睨みつけてくる。

くそ、逆ギレして勢いで追い返そうとしてみたがダメか。

「まったく、なんなんだよもう。昨日話してやった事は大体事実だって。ちょっと盛ったとこもあるけど、俺はしごく真っ当に生きてる冒険者《ぼうけんしゃ》、佐藤和真さんだ。人様に迷惑《めいわく》かけて生きてるわけでもなければ、お前らに絡《から》まれたり文句言われるいわれもない。言いたい事言って気が済んだならもう帰ってくれよ」

俺がシッシと手を振ると、オズマはギリギリと歯を食い縛《しば》り。

「バカ野郎《やろう》、だから俺達はお前の悪評のせいで迷惑を被《こうむ》ってこの街に来てるんだよ！」

……そういえば、最初出会った時にそんな事を言ってたな。

そんなオズマを宥《なだ》める様に、俺の後ろからダクネスが、

「カズマの悪評のせいで迷惑を被ったとの事だが、一体何があったのだ？　私の名はダク

ネス。クルセイダーを生業《なりわい》としているので、神に仕える聖職者でもある。なので喧嘩の仲裁《ちゅうさい》も私の役目だ、話だけでも聞こうではないか」

そう言って、オズマ達に優《やさ》しく笑いかけた。

「あっ！　あんたがラクレスのパチモンね！」

「パ、パチモン⁉」

パチモン呼ばわりされたダクネスが思わずショックを受ける中、

「しかも、クルセイダーを生業としているというセリフすらラクレスさんと被《かぶ》っています、これは確信犯じゃないでしょうか……！」

「それに髪色《かみいろ》や目の色まで似てやがる。ダクネスなんて暗黒騎士《きし》みたいな名前で、クルセイダーだなんてよく言えるな……」

そんなオズマ達の心無い中傷に、ダクネスがその場にうずくまる。

「ダクネス、しっかりして！　大丈夫《だいじょうぶ》、私も最初出会った時からダクネスってなんか闇《やみ》属性みたいな名前だなって思ってたけど、でもダクネスって慣れてくるとカッコいいじゃない！　それに本当の名前は可愛《かわい》らしいんだし、落ち込む必要なんてないわよ、ダクネス！」

「言われてみれば、確かに私の名の方がパチモン臭《くさ》い……。闇騎士……。ダークネス……。

ふふ、なあめぐみん、私の名前をどう思う？　ダクネスという名はめぐみん的には」

「カッコいいと思いますよ？　……どうしたのですか、なぜ泣くんですか！　何だか納得《なっとく》いきませんよ！」

なんてこった、たかが名前一つでウチの陣営《じんえい》は大惨事《だいさんじ》だ。

と、その時だった。

「まったく……。突然《とつぜん》私達の前に現れて、名前が似通っているからと喧嘩を吹《ふ》っ掛《か》けられたりと散々です。紅魔族としては売られた喧嘩は大喜びで買うところなのですが……。我が魔法はあまりの絶大な威力《いりょく》ゆえ、たとえ手加減をしたとしてもあなた達が生き残れる可能性は皆無《かいむ》でしょう。なので……」

紅《あか》い瞳《ひとみ》を輝《かがや》かせ、メソメソしているダクネスを庇《かば》うように前に出ためぐみんが。

手加減という言葉をたわごとだと受け取り、鼻で嗤《わら》うオズマに向けて。

そう、普段は誰《だれ》よりも喧嘩っ早い、めぐみんが……。

「冒険者なら冒険者らしく。この街で名を馳《は》せて、私達の方をこそ、あなた方のパチモンだと言わせればいいのではないでしょうか？」

この中で一番パチモン臭い名前のめぐみんが。

訝《いぶか》し気な表情のオズマ達にそんな提案を出してきた――

——オズマ達が屋敷《やしき》から帰った後。

俺は不敵な笑《え》みを浮《う》かべながら、めぐみんに囁《ささや》いた。

「やるじゃないかめぐみん、さすがは俺達の知力担当。中々の鬼策《きさく》じゃないか」

それを受けためぐみんは、同じくニヤリと笑みを浮かべ。

「さすがはカズマ、私の提案がどの様な効果をもたらすか、早くも理解しましたか。そう、この街は私達のホームであるアクセルの街。あの様なよそ者がいくら頑張《がんば》っても、あくまでポッと出です。そんな連中と、長くこの街で頑張ってきた私達。どちらがパチモン呼ばわりされるかなど、分かり切っているに決まってるじゃありませんか」

さすがは知力の高い紅魔族。

こいつ、あながちただの爆裂魔《ばくれつま》なだけではない様だ。

頭の中身まで爆裂魔法の事で埋《う》められてるのかと思ったが、たまにはちゃんと機能する事もあるらしい。

「それに加えて今の季節は丁度冬だ。名を馳せるも何も、この時季には強いモンスターしか活動していない。俺達はただ屋敷の中でヌクヌクゴロゴロしてるだけでいい。連中がどれだけ腕《うで》が立つかは知らないが、さて、冬のモンスターを相手にどこまで頑張れるかな…

「……？」

俺とめぐみんは顔を見合わせ、怪《あや》しげな笑い声を上げていた。

「ねえ二人とも。私、なんだかパチモン側にいる気がしてきたんですけど」

4

そうして。

俺達が屋敷で面白《おもしろ》おかしく自堕落《じだらく》な生活を送っている間に、二週間が過ぎた。

「いえーい、完成。ほら見ろよ、暇《ひま》を持て余《あま》して鍛冶《かじ》スキルで作った銀製の矢じりだ。悪魔やアンデッドモンスター、人狼《じんろう》系の敵によく効くぞ。これで『カズマさんの内職シリーズ』のレパートリーがまた一つ増えたな」

暖炉《だんろ》の火を上手《うま》く使い、スキルを併用《へいよう》させて矢じりを作製。

そんな俺の様子を隣《となり》でジッと見ていたアクアが。

「相変わらず器用ねえ。でもそれ、一体何に使うの？　悪魔やアンデッドを狩《か》るのは大賛成だけど、ウィズの店に行ってみる？」

「いや、一体誰に試《ため》し撃《う》ちするつもりだよ。まだ一本しか出来てないんだし、これは大事に取っとこう」

俺がいそいそと矢筒《やづつ》の中にそれをしまうと、ソファーの上で背伸《せの》びしながらアクアが言った。

「ねえカズマ。暇だし、たまにはギルドに行ってみたいんですけど」

「……それもそうだな。ここ最近は外出って言ってもめぐみんの日課に付き合うか買い物に行くぐらいだもんな。たまには皆《みんな》を冷やかしに行くか」

昼過ぎまで家の中でグダッていた俺とアクアは、めぐみんやダクネスを誘《さそ》い冒険者ギルドへ。

と、俺がギルドのドアを開けた、その時だった。

「さすがですね、ザトゥ・オズマさん！　もうどれだけの一撃熊《いちげきぐま》を討伐《とうばつ》したのか分かりませんよ！　おかげで近隣《きんりん》の農家の皆《みな》さんも安心して冬を越《こ》せるでしょう！」

「よくやった！　一杯奢《いっぱいおご》らせてくれよオズマ！」

「メグミ、あんたの魔法でトドメを刺《さ》したって聞いたぜ！　なあ頼《たの》むよ、今度俺達のレベル上げに付き合ってくれないか？　礼ならするからさ！」

「ラクレスさん、さっきは危ないとこを助けてくれてありがとうございました！　どうかお礼をさせてください！」

ドッとばかりに中から聞こえてきた歓声《かんせい》に、俺は思わず気圧《けお》される。

ていうか、オズマ？　メグミ？　ラクレス？

「あっ！　やっと現れやがったなこの野郎！」

久しぶりにやってきたギルドの中の豹変《ひょうへん》に俺達が混乱していると、冒険者達の中心にいた男が俺を見るなり言ってくる。

その男は、強面《こわもて》だがどことなく憎《にく》めなそうな顔立ちの……。

「思い出した！　そうだ、そうだった！　確か俺達、なんかの勝負をしてたよな！」

「ふっざけんなよ、そっちから提案しといて忘れてんじゃねえええ！」

そうだった、確か俺達がパチモンと呼ばれるだけの活躍《かつやく》をしてみせろと煽《あお》ったんだった。

しかしどうした事か、俺達のホームであるはずのギルド内が連中への賛辞で埋められている。

「おいめぐみん、予想外だ。なんか思った以上に活躍してるみたいだぞ。下手したら本当に俺達がパチモン呼ばわりされそうな勢いだ」

「ど、どうしましょうか、今から勝負内容を変えてもらいますか？　ボードゲームなら負ける気がしないのですが……」

俺とめぐみんが囁き合っていると、オズマがこちらへとやってくる。

「おい、どうだパチモン。これで俺達こそがこの街一番の冒険者パーティーって事でいいんだよな？」

「待て、俺達の充電《じゅうでん》期間に空き巣みたいに評判をかっさらうだなんて恥《は》ずかしいと思わないのか？」

「あんたこそ待ちなさいよ、そっちが提案したのよ!?」

くそ、めぐみんのパチモンも案外頭が良《い》いらしい、今度は流されそうにない。

「で、負けを認めるのか？　今や俺達はこの街の顔だ。最近じゃカズマのカの字も出やしねえぜ？」

オズマは勝ち誇《ほこ》った様に不敵に笑い……。

「くそっ、この薄情者《はくじょうもの》どもめ！　お前ら俺がいくら奢《おご》ったと思ってんだ、もっと俺の味方しろよ！」

「何言ってんだこの野郎、お前ここんとこちっとも顔出さなかったじゃねえか！」

「確かに何度か奢られてるけど、お前んとこのアクアさんに同じぐらいたかられてるから差し引きゼロだよ！　何の勝負か知らねえが、応援《おうえん》が欲しけりゃ一杯奢れよ！」

ダメだこの連中、何がホームだ、てんで頼《たよ》りになりはしない！

歯ぎしりしている俺の前に、ラクレスがスッと立ち。

「もういいだろう、少年。そもそも私達がこの街に来た目的は、キミに文句を言う事もあったが、他《ほか》にもう一つあるんだ。これで、こちらが格上だと理解してもらえたと思う。今度は私達の要求を呑《の》んで……」

俺に向けて何かを言い掛けたその時だった。

「誰かお願い！　プリーストは！　アキュアさん！　アキュアさんはいない⁉」

一人の女冒険者《ぼうけんしゃ》が、血塗《ちまみ》れになった男に肩《かた》を貸しながらギルド内に入ってきたのは。

「アクアさんならここにいるけど？」

ギルドの入り口にいたアクアがそれを見て声を掛ける。

「アキュアさ……！　なあんだ、アクアさんか……」

「謝って！　私を見てガッカリした事、謝って！　その人を治して欲しいんじゃないの⁉　私の回復魔法はぶっちぎりで世界一なのを分かってるの⁉」

そんな闖入《ちんにゅう》者に、オズマ達が慌《あわ》てて駆《か》け寄り様子を見る。

「こ、これは……」

一目で傷の深さを見て取ったのか、オズマが言葉を無くし首を振《ふ》る。

女冒険者をゆさゆさと揺《ゆ》さぶるアクアを押《の》し退け、アキュアが慌てて怪我《けが》人を抱《だ》くと、

「……白狼にやられたのですね。残念だけど、この傷では……」

そう言って辛《つら》そうに目を閉じ、せめてもの痛み止めなのか回復魔法を――


「『セイクリッド・ハイネス・ヒール』！」


アキュアが魔法を唱える前に、怪我人の体が淡《あわ》い光に包まれた。

「「「「なっ⁉」」」」

それと共にみるみるうちに傷が再生していく様を見て、オズマ達が絶句する。

「ほら見なさいな、アクアさんにだってちゃんと怪我人を癒《いや》せますから！　謝って！　私をないがしろにして、新参の人に回復を頼んだ事を謝って！」

「あ、ありがとうアクアさん、分かった、分かったってば！　ヒールのお礼に今度お酒奢るから！」

女冒険者の軽いお礼に、オズマ達がギョッと目を剝《む》き、

「本当？　お酒だけじゃなくておつまみも忘れないでね。カズマさんがカエルのカリカリを食べたんだって。ちょっと興味があるから、おつまみはそれでいいわ」

「分かったよ、でもあんまり飲まないでね。あたしだってそんなにお金無いんだし」

そんなアクアの軽い返事に、なぜかアキュアがよろめいた。

しかし、白狼か。

冬の間しか活動しない肉食獣《にくしょくじゅう》として知られるが、ここのチキンな冒険者がそうやすやすとそんな危険なモンスターに近付くとも思えないのだが……。

「お、おいカズマ。回復魔法《かいふくまほう》の礼が酒を奢るだけって、お前ら正気か？　しかもハイネスだとか、セイクリッドだとか聞こえた気がするんだが……」

オズマが俺に囁《ささや》きかけてきた、その時だった。

傷を癒され意識を取り戻《もど》した男が辺りを見回し。

「ここは……？　あれ、傷が治って……。って、アキュアさん？　アキュアさんが治してくれたのか⁉」

自分を抱き抱《かか》えるアキュアを見て、男は顔を赤らめ声を上げた。

「アキュアさんだと思った？　残念、あなたを治したのはアクアさんの回復魔法だったの

でした！」

「ちくしょう、せっかくの良い気分を返してくれ！」

ネタバレされた事に文句を言う男に対し、早速《さっそく》首を絞《し》めにかかるアクア。

だがその隣では、打ちのめされた様な顔をしたアキュアが何か言いたそうに呆然《ぼうぜん》と……。

「って、そうじゃない！　おいこらアクア、そいつの首なら後でいくらでも絞めればいいから今は事情を聴《き》くぞ！　なあ、チキンなあんたらがなんで白狼なんかに襲《おそ》われたんだ？お前らは弱いが、連中の生息域に近付かないだけの知恵《ちえ》はあるだろ？」

「お前も大概《たいがい》だな、傷を治してもらったんじゃなかったら襲い掛《か》かってるとこだからな。それが……。白狼の群れが、普段《ふだん》じゃ考えられないぐらいに街に近付いていたんだよ」

その男の言葉に、辺りの冒険者達が顔を見合わせた。

5

「この世には、生態系ってもんがある」

アクセルの街の外に広がる平原に降り積もった雪が、陽《ひ》の光を反射させ目が眩《くら》む。

俺とオズマは未《いま》だ混乱するギルドから出ると、それぞれの仲間と共に、こうして街の外にやってきていた。

「白狼《はくろう》は、本来なら冬の間中一撃熊と争い合うモンスターだ。一対一なら一撃熊に軍配が上がるが、群れとなるとそうでもない。一年を通して活動出来る一撃熊は、餌《えさ》の少ない冬に白狼と戦い、増えすぎたその数を減らす。そうする事でこの辺りの生態系バランスが取れるわけだ」

独り言の様な俺の言葉に、隣《となり》を歩くオズマが項垂《うなだ》れた。

「それで、お前さんは冬の間は屋敷《やしき》に引き籠《こ》もっていたわけか……。なのに、俺達ときたら……」

俺がなんとなく思い付きで語った一撃熊と白狼の関係に、オズマがやたらと落ち込んでいる。

どうしよう、今さら、ごめん適当に言ってみたとは言い辛《づら》いのだが。

「確かに、普段はこんな人里近くまで白狼が下りてくる事はありませんからね。おそらくカズマの言う通りなのでしょう。……適当言ってオズマさんをネチネチ責め立てている様にも思えますが……」

めぐみんが俺に賛同しながらも、小声で余計な事を付け加える。

「それにしても……。ねえ、さすがに数が多過ぎるわ！　街の冒険者を出来るだけ集めて人海戦術でいきましょうよ！　ほら、アクアさんの回復魔法があれば死者も出さずに済むと思うし！」

俺達の遥《はる》か前方に佇《たたず》み、遠巻きにこちらを窺《うかが》う白狼の群れ。

それらを指差しメグミが叫《さけ》ぶ。

だが……。

「なに、あのぐらいならいけるだろ。そうだろ、めぐみん？」

「余裕《よゆう》ですね。ちょっとお釣《つ》りがくるぐらいです」

俺達の軽いやり取りを聞きオズマ達がギョッとする。

「ま、待て！　どの様な魔法を使うつもりかは知らないが、あの数が相手だ、何頭かには抜《ぬ》けられ、後衛の魔法使いが襲われるだろう。ここは私とオズマで時間稼《かせ》ぎを……」

そう言って、ラクレスが背負っていた盾《たて》を取り出し構えるが、

「いや、貴殿《きでん》では白狼の攻撃《こうげき》はともかくめぐみんの魔法には耐《た》えられまい。万が一の事を考えれば私一人で前に出た方がいいだろう」

そう言って、ダクネスがそれを遮《さえぎ》り前に出た。

「おい、いいのかカズマ？　あんたの連れがあんな事言ってるが……」

それを心配したのか、オズマが囁きかけてくる。

が、

「ウチのクルセイダーは堅《かた》いんだ。魔王《まおう》の幹部の攻撃や、果ては爆裂魔法《ばくれつまほう》にすら耐えたからな。アイツが耐えられないって言うのなら、他の誰《だれ》にも耐えられないさ」

オズマを安心させようと囁き返すも、オズマはそれを聞いてごくりと喉《のど》を鳴らしながら、なぜかより一層緊張《きんちょう》が増した表情を浮《う》かべた。

「まあ、万が一の時にはこの私が、リザレクションでちょちょいと蘇生《そせい》してあげるから安心なさいな」

「「「リザッ……!?」」」

アクアの軽い言葉を聞いて、もう何度目かになるオズマ達の驚《おどろ》きを眺《なが》めながら。

俺は、いつの間にかオズマ達に期待の眼差《まなざ》しを向けられている事に気が付いた。

「……え、な、何？」

なぜ超《ちょう》見られているのだろう。

あれだろうか、俺も何か凄《すご》い事やれって期待されているのだろうか。

すいません、俺に出来る事と言ったらスティールぐらいです、派手な技《わざ》なんて何もないです。

しかも白狼って、並のモンスターより強いし弱点でも突《つ》かない限り……。

「カズマ、あれが群れのボスだろうか。他の狼よりもデカいのがいるが」

ダクネスの言葉を受けてハッと我《われ》に返った俺は、千里眼スキルで群れを確認《かくにん》。

「なるほど、確かに他よりも一回りデカいな。メスらしき白狼を何頭もはべらせてやがる。アイツがボスで間違《まちが》いないいな」

俺とダクネスのやり取りを聞き、オズマがぼそりと呟《つぶや》いた。

「……なるほど、千里眼スキルか」

それを背に受けながら、あのボスをどうにか出来ないかと……。

と、俺はある物を思い出し、矢筒《やづつ》の中から一本の矢を取り出した。

聖職者であるアキュアが、それを見て何なのか気が付いたのだろう、小さく呟く。

「銀製の矢……」

それを聞いたオズマが悔《くや》しそうに顔を顰《しか》め。

「……俺達が調子に乗って、こんな事態を引き起こす事すら最初から想定してた、って事か……」

そんな、わけの分からない勘違《かんちが》いを始めていた。

「……こいつを使わないに越《こ》した事はなかったんだが、な……」

調子に乗った俺がそれに乗っかると、オズマ達の俺を見る目に尊敬の念が込められる。

「ねえカズマさん、それ、暇《ひま》つぶしに作ってたって言ってなかった？」

「アクア、これ終わったら帰りにすき焼きの材料買ってやるから今はシーな」

こちらに囁きかけてくるアクアを黙《だま》らせ、俺は弓を引き絞《しぼ》る。

それを見て敵対行動を取ったと判断したのか、白狼の群れが一斉《いっせい》に襲い掛かってきた。

「めぐみん、魔法の詠唱《えいしょう》を始めろ！　俺がボスを狙撃《そげき》して、それでも連中が引かなかったら魔法を頼《たの》む！　ダクネスはデコイで連中をひとまとめに引きつけてくれ！」

「いいでしょう！　ここのところモンスター相手に撃《う》てなかった鬱憤《うっぷん》を今こそぶつけてあげましょう！　我が究極の奥義《おうぎ》、爆裂魔法を見るがいい！」

「後ろには絶対に行かせない！　だから安心して、私は気にせず魔法を撃ち込め！」

俺の指示に従って魔法を唱え出しためぐみんに、信じられないものを見る目を向けながら、

「う、う、嘘《うそ》でしょう？　爆裂魔法……」

額に脂汗《あぶらあせ》を浮かべたメグミが、ジリジリと後ずさり。

「思えば俺達が喧嘩《けんか》を売りに行った時、魔法使いの嬢《じょう》ちゃんはこう言ったよな。『手加減をしたとしてもあなた達が生き残れる可能性は皆無《かいむ》でしょう』、って。あれも本当の事だったんだなあ……」

オズマが、遠い目をしながら呟く中で、

「カズマ、支援魔法《しえんまほう》はたっぷり掛けたわ！　さあ、やったんなさいな！」

「俺の幸運は世界でもトップクラスだ、アイツは俺に任せとけ！」

アクアの支援を受けた俺は、狙撃を使って矢を放つ。

それは狙《ねら》い違《たが》わず白狼のボスの眉間《みけん》を撃ち抜くと、一撃《いちげき》の下《もと》に葬《ほうむ》り去った。

通常の矢じりであれば当たったとしてもこれほどの威力《いりょく》は出なかっただろう、何が使えるかも分からないし、今後も鍛冶《かじ》スキルは有効活用するとしよう。

これも持ち前の幸運のおかげなのだろうか。

「連中、まだ解散しやがらねえ！　こっちに……、いや、クルセイダーの姉ちゃんに向かってくるぞ！」

俺が感慨《かんがい》に耽《ふけ》っていると、オズマが切迫《せっぱく》した声を上げた。

それに合わせてめぐみんが、俺にチラリと視線を送る。

いつも隣で聞いてる爆裂魔法だ。

既《すで》に詠唱を終えている事は知っている。

「めぐみん、やれ」

慌《あわ》てず騒《さわ》がず出した指示に、めぐみんが気合いと共に魔法を放つ。

「『エクスプロージョン』――ッッッ！」

雪原の雪を一瞬《いっしゅん》で蒸発させながら、爆裂魔法の衝撃波《しょうげきは》が辺り一面に吹《ふ》き荒《あ》れた――

6

「お見それしました！」

白狼の群れを倒《たお》した俺達に、オズマ達が頭を下げた。

「い、いやまあ、分かってくれたならそれでいい。だが、これからはあまり俺達を侮《あなど》らない様にな！」

突然《とつぜん》の豹変《ひょうへん》に狼狽《うろた》えながらも、俺はちょっとだけ調子に乗る。

「まったく！　おかげで、アクセルの街の回復屋さんの名前が盗《と》られそうになったんだから謝って！　これはね、ギルドで私に付いた二つ名なの。私のお仕事を盗らないで！」

同じく調子に乗ったアクアが早速抗議《さっそくこうぎ》をしているが、その二つ名とやらはいい様におだてられて回復魔法を使わせるために付いたと聞いたが……。

と、そんな俺達を押し退けながら、取り成す様にダクネスが微笑《ほほえ》みかけて。

「とはいえ、貴殿達もこの街《の》を想《おも》って討伐《とうばつ》をしていたのだ。その事自体は誇《ほこ》るべき事だろう。これからは……」

「まあ、私達にかかればこの程度朝飯前ですよ！　魔王の幹部に比べれば、ちょろいもんですね！」

そんなダクネスのフォローを、地面に寝《ね》っ転がったままのめぐみんがぶち壊《こわ》した。

と、その時だった。

「くっ……！　ぶはっ、はっはっははは！」

それを聞いたオズマが、突然腹を抱《かか》えて笑い出す。

「でっけえやつらだ。カズマさんに関する悪い噂《うわさ》は、おそらくあんたの活躍《かつやく》を妬《ねた》んだ連中による誹謗《ひぼう》中傷だろうよ。あんなもんを信じて、わざわざ文句を言いに来た自分が恥《は》ずかしいよ。本当に、すまなかった」

「お、おう。いいって事よ」

そんなオズマの素直《すなお》な態度になんとか虚勢《きよせい》を張りながら。

「本当にごめんね。私達はこう見えて、そこそこ名の売れてるパーティーでね。最初にあなた達の噂を聞いた時は、私達の名前を騙《かた》って良《い》い思いをしようっていう偽者《にせもの》か何かだと思ったの。それが、流れてくる噂はどんどん大きくなってきて……」

「ああ。しまいには、私達にとって聞き逃《のが》せない話がやってきたんだ」

メグミとラクレスのその言葉に、ふと気になり聞いてみる。

「聞き逃せない話？」

それに答える様にオズマが一つ頷《うなず》くと、

「魔王の幹部、ハンス。アイツには昔、俺達の仲間の一人がやられてなあ。俺はその敵《かたき》討《う》ちのため、ずっと鍛《きた》え続けて旅をしてたんだ」

そんな、物語の主人公みたいな過去を明かしてきた。

ああ、なるほど。

最初にオズマに出会った時、確かこう言っていた。

『その事で一言文句を言ってやろうと思ってな。……まあ、他《ほか》にも用があるんだが……』

と。

その、他にも用がある、というのはおそらく。

「カズマさん。仲間の敵を討ってくれてありがとう。感謝する。それをどうしても伝えたかったんだ」

オズマはそう言って、深々と頭を下げた。

……ヤバい、どうしよう。

なんかもう、旅の目的といい、先ほどからの俺達の小物臭《しゅう》といい、むしろこいつらの方が物語の主人公みたいに思えてくる。

「……あなた方も、彼と同じ目的で旅を？」

少しだけ祈《いの》る様なポーズを取った後、ダクネスが優《やさ》し気に尋《たず》ねた。

そうだ、俺達のパーティーの最後の良心はお前だ。

がんばれダクネス、実は俺も暗黒騎士《きし》っぽい名前だなと思っていたのは悪かった！

「いえ、私は……。実は、魔王軍に滅《ほろ》ぼされた領地を守っていた騎士の生き残りなのです。お家の再興と仲間や領民の敵討ち。それが私の目的です」

「そ、そうですか……」

ラクレスの過去を聞き、ダクネスが思わず敬語になる。

ダメだ、向こうの方が背負ってる過去的にもヒロインっぽい。

流れ的に次は自分の番だと思ったのか、困り顔を浮かべたメグミが、

「私はまあ、変わった名前をしたおじいちゃんが凄腕《すごうで》の魔法使いでね？　そのおじいちゃんの遺志を継《つ》いで……」

「よし、それ以上はもういいかな！」

この上凄い力を持った魔法使いの子孫だとか、そんな設定は要《い》らないんだよ！

「──さて。あんたには本当に迷惑《めいわく》だけを掛《か》けちまったな。すまなかった」

このままギルドには戻《もど》らず旅に出ると言うオズマ達を見送りながら。

俺達は、どこか負けた気分で作った様な笑《え》みを浮《う》かべた。

「なに、いいって事さ。有名人になれば付いて回る悪評ってもんがある。旅先でそんな話を聞いたら訂正《ていせい》しておいてくれ」

俺の言葉にオズマ達が真剣《しんけん》な顔で頷いた。

いや、そこまで重く取らなくても。

「恩人のあんたが悪く言われるのは許せねえ。これからは悪評を広めてるやつがいたらとっちめてやるよ。なんせ、俺の下に届く話はそりゃあ酷《ひど》かったしな」

そんなオズマの一言に。

「たとえばどんな？」

そう聞いてしまった俺がバカだった。

オズマはしばらく考え込むと、

「……そうだな。俺が聞いたのは、仲間を縄《なわ》で縛《しば》って馬車で引きずり回したって話だな、そんなのあり得ないのに」

　やめて。

「私は、まだ年端《としは》もいかない仲間の女の子からパンツを剝《は》いだって聞いたわね。普通《ふつう》に考えればあり得ないわよね、仲間で、しかも凄《すご》く小さな女の子からだなんて……」

　やめてくれ。

「それなら、仲間の方々の悪評も酷かったな。街の傍《そば》の自然を魔法で面白《おもしろ》半分に破壊《はかい》するだの、特に酷いのは、アルカンレティアの温泉を使い物にならなくしただの……。ああ、私なんて『ラクレスさんってドMなんですか？　罵《ののし》ってもいいですか？』とわけの分からないナンパをされた事があったたな。もちろんしばき倒したが、あれは一体何だったたのか……」

　やめてください。

「でも、あなた達はそんな事をしていないって、私達、信じてますから！」

　そう言って、アキュアが屈託《くったく》のない笑みを浮かべ――

　――俺達が四人に土下座して謝ったのは、この後だった。

アクセルの問題児達

アクアと一緒《いっしょ》に遅《おそ》めの朝食を終え、食後のお茶を啜《すす》っていた時の事。

『冒険《ぼうけん》者の皆様《みなさま》に業務連絡《れんらく》です。冒険者ギルドに集まってください。繰《く》り返します。冒険者の皆様は、冒険者ギルドに集まってください』

それは屋敷《やしき》内にも響《ひび》いてくる冒険者ギルドからのアナウンス。

こうして招集が掛かるという事は、どうせいつもの厄介《やっかい》事だ。

俺は、同じくお茶を啜っていたアクアと思わず顔を見合わせて。

「……行くか？」

「……ご飯を食べたばかりだから、このままマッタリしていたいわね」

うん、俺もまったく同じ気分だ。

「聞かなかった事にするか。俺達以外にも冒険者はいるんだしな」

「そうしましょう。この街には私達以外にも優秀《ゆうしゅう》な冒険者がいるわ。それに、毎回私達だけで手柄《てがら》を持って行くのもどうかと思うの」

アクアの言う事ももっともだ。

俺達は大物賞金首ばかり倒しているが、こうも名前を売っていればそろそろ妬まれてもおかしくない。

俺達にも休息が必要だし、今回は他の冒険者達に譲《ゆず》ってやるか。

俺はお茶を飲み干すと、ソファーの上に寝そべりながら……。

『繰り返します。冒険者の皆様は、冒険者ギルドに集まってください。……特に、サトウカズマさんのパーティーは必ず来てください。繰り返します……』

……俺はアクアと再び顔を見合わせると、やれやれと肩《かた》を竦《すく》めて見せた——


——冒険者ギルドのドアを開けると、職員や冒険者の視線が向けられた。

「……おいおい、そんなに俺達を待ちわびたのか？　ったく、しょうがないな。で、今回はどんな厄介事が舞《ま》い込んできたんだ？」

俺から大物臭を感じたのか、冒険者達は道を空け、前に行きやすくしてくれた。

有り難《がた》く冒険者達の先頭に立つと、そこには既《すで》にめぐみんとダクネスが佇《たたず》んでいた。

「あら、もう二人も来てたのね。こうして私達四人が揃《そろ》ったんだから、もう何も怖《こわ》くないわ。お姉さんも難しい顔してないで、安心してちょうだい」

そんな俺達の言葉を受けて受付のお姉さんが前に出た。

「お待ちしておりましたサトウさん。厄介事といえば厄介事ですね。それについては、これからじっくりと説明しますね」

お姉さんはそう言いながら、なぜか不安そうな表情を隠《かく》そうともしない。

俺達が来たのにこの表情とは、相手はよほどの大物なのだろうか？

「なぜ私達が呼ばれたのかはもう分かっておりますとも。相手は魔王《まおう》の幹部ですか？　それとも爆裂魔法《ばくれつまほう》が必要な、巨大《きよだい》なモンスターとかですか？」

めぐみんが自信ありげなドヤ顔で尋ねると、ダクネスがどこか余裕《よゆう》が感じられる態度でまあまあとたしなめてみせる。

「ふふっ、めぐみん、まあ落ち着け。私達もこうして名指しで呼び出されるほどになったとはいえ、何が相手かを聞いてからだ。……そうだろう、カズマ？」

冷静なダクネスの言葉にコクリと頷き同意を示す。

「その通りだ。これまでに散々大物を狩《か》ってきた俺達に、相応《ふさわ》しい相手なのかを……」

「相手は冒険者ギルドの上層部です」

俺の言葉を遮《さえぎ》って、お姉さんが口を開いた。

「……冒険者ギルドの上層部って、王都とかのお偉《えら》いさん？　つまり、俺達がそこまで評価されてるって事？」

予想外の展開に、思わず素《す》に戻った俺が尋ねるも、

「何が目的なのかは私にも分からないのですが、明日、冒険者ギルドの上層部の方が、アクセルの街の冒険者を視察に来ます。ギルド上層部の方は、冒険者に相応しくないと判断

すれば、冒険者の資格を剝奪《はくだつ》出来ます。……なので、素行が悪かったり、問題を起こす冒険者の方には事前に注意をしようとなりまして……」

お姉さんはそう言って、静かに首を横に振《ふ》り……。

「おいふざけんな、つまり俺達が名指しで呼び出されたのは素行が悪かったり問題を起こす冒険者って事か⁉　……そうですね、その通りだと思います、本当にすいません」

「ちょっとカズマ、何で謝るのよ！　それじゃあ私達が問題冒険者だって認めるようなものじゃ……私もその通りだと思います、本当にすいませんでした」

無言で圧をかけてくるお姉さんに俺とアクアが屈《くっ》すると、めぐみんが苦笑《くしょう》を浮かべて言ってきた。

「これに懲《こ》りたら二人はもう少し生活態度を改めてくださいね。まずは朝に起きる事からはじめましょうか」

「そうだな、カズマも夜中フラフラと出かけて外泊《がいはく》してくるクセは止《や》めた方がいいぞ」

二人のこちらを諭《さと》すような物言いに俺は思わず正気を疑う。

「お前らはなにシレッと自分達は関係ないみたいな顔してんだよ、ビックリするわ！　サトウカズマさんのパーティーって言われて呼び出されたんだから、当然問題児枠《わく》だぞ！」

「ま、待ってください、冷静沈着《ちんちゃく》な魔法使いである私は、このパーティーで一番の常識人だと自負してますよ！」

「わわ、私は、貴族の娘《むすめ》として育てられたから、世間の常識に疎《うと》いだけで……！」

よく分からない事を口走る爆裂魔とドMをよそに、俺はお姉さんに、全《すべ》て理解したとばかりに頷《うなず》いた。

「それじゃあ俺は、この三人と一緒に屋敷に籠《こ》もれば良《い》いんですね？　ほら、引き籠もるために今から食料買いに行くぞ。娯楽《ごらく》用品は特に大事だからな、万が一にも偉い人に鉢合《はちあ》わせないよう、一ヶ月は家から出ないぞ」

「ねえカズマ、私そんなに家から出れないのはさすがにちょっと嫌《いや》なんですけど」

「というか、家に籠もるとなると私の日課はどうするんですか。それならいっそ、偉い人が帰るまで冒険の旅にでも出ましょうか」

そんな俺達の言葉を聞いて、お姉さんが言ってきた。

「皆さんは名前〝だけ〟は売れていますからね、居ないとなればまた視察に来られるかもしれません。もちろんどこにも逃《に》がしませんよ。……難しい事は言いません、ちゃんとしてくれればいいんです。普通に冒険してくれるだけでいいんです！」

……自分で言うのも何ですけど、普通に冒険するのが難しいんじゃないですかね——

——翌日。

冒険者ギルドに集まってみると、お偉いさんの視察の事が知れ渡《わた》り、この街の冒険者達が間違《まちが》った方向に気合いを入れていた。

「ねえカズマ、これを見てちょうだい。アクシズ教団のアークプリーストの神官服よ。どう？　神聖度は増してるかしら」

「なんかちょっとバカっぽい」

やたらと上に長い帽子《ぼうし》を被《かぶ》り、野暮《やぼ》ったいローブ姿のアクアに告げる。

妙《みよう》な格好をしてるのはアクアだけではない。

めぐみんはいつもと変わらないように見えて、一体何のつもりなのか、普段《ふだん》より多めに片足に包帯を巻いたせいで厚みが増して歩き辛《づら》そうにしている。

そして……。

「また凄《すご》い格好で来やがったな。アレか、偉い人が来るからお前も貴族オーラを出して対《たい》抗《こう》するつもりなのか？」

目の前のダクネスはといえば、いつもよりキラキラした成金全開の鎧《よろい》を着ていた。

黒地に金縁《きんぶち》の刺繍《ししゆう》が施《ほどこ》されたマントを羽織り、業物《わざもの》そうな大剣《たいけん》を携《たずさ》えたその姿からは、普段のポンコツぶりが見事に鳴りを潜《ひそ》めている。

「……家に帰ってから、ふと冷静に考えてみたのだ。問題を起こす冒険者から資格を剝奪出来る職員がわざわざ来る、その理由をな。あまり言いたくないのだが、私達のパーティーはその……。素行に難があったり、問題を起こす者が多い気がして」

「多いんじゃなくて、そういうのしか居ないって言えよ」

ダクネスは俺のツッコミに言葉を詰《つ》まらせ、だがキッと表情を引き締《し》める。

「皆には世話になった。防御専門《ぼうぎょ》の職業柄《しょくぎょうがら》、普段はあまり目立つ活躍《かつやく》が出来ない私だが……。守るのは私の仕事だ。そのためならば、権力をチラつかせる事も辞さないつもりだ！」

「なんかカッコいい事言ってるけどお前も問題児の一人だからな。偉い人が見てる前でモンスターの群れに突《つ》っ込むなよ」

というか受付のお姉さんが言っていた、ちゃんとしろというのは身なりの問題ではなく、普段よりモンスター退治に対して熱意を見せろとか余計な事をするなとか爆裂するなとか敵のど真ん中に突っ込むなとか、そういう事だと思うのだが。

「ねえカズマ、多分あそこにいるのが偉い人よ。受付のお姉さんがいつもより胸元《むなもと》強調してるもの」

アクアの指摘《してき》にそちらを見れば、受付のお姉さんがカウンターの奥でスーツの男と話をしていた。

「あのお姉さんはいつだって胸元を強調してるぞ、アクセルの冒険者《ぼうけん》達の癒《いや》しスポットだ。

……でも確かに、お姉さんと話してる人は服装からしてそれっぽいな」

スーツに眼鏡《めがね》姿のその人は、アクセルにそこそこ長くいる俺が知らない顔だ。

やはり問題児の視察に来たらしく、男は眼鏡の下で鋭《するど》くその目を光らせていた。

それを見た知り合いの冒険者が二人ほど俺に近付き、コソコソと囁《ささや》いてくる。

「おいカズマ、あの職員が俺達の事凄く見てるんだが。悪い事してないのに居心地《いごこち》が悪い。

アイツはどうすりゃお気に召《め》すんだ？」

「ああ、頼《たの》むよカズマ。お前さんのいつもの小狡《こずる》い知恵《ちえ》を貸してくれよ」

「やれやれ、いつもこんな時だけ俺を頼《たよ》りやがって……今、小狡いって言った？」

即座《そくざ》に突っ込むも目を逸《そ》らされた俺は、改めて眼鏡の男を観察する。

「神経質そうな眼鏡を見ろ、やはりアレは問題児を摘発《てきはつ》するために派遣《はけん》されてきた人だ。

なので、ここにきて働かないというのは無しだ。かといって良いとこを見せようと、高難
易度のクエストを請《う》けるのも悪手だな。要は相手の指摘を受けないように、ミスを犯《おか》さな
ければいいわけだ。……なら、俺達にやれる事は決まってるだろ？」

俺の言いたい事を理解して二人の冒険者は頷き合う。

無難で手慣れた常駐《じょうちゅう》クエスト。

「『カエル狩《が》りか』」

「そういう事だ。今日は皆でカエル狩りだ。それならさすがにボロも出ないさ」

とはいえここアクセルではカエル狩りだって立派な仕事だ。

眼鏡の職員の採点システムがどういう形かは分からないが、冒険者全員が同じクエストを請けていれば、人と比べられて実力無しと資格を剝奪される事もないだろう。

しかもカエルの狩り場が混雑すれば、ウチの連中が妙な事をしても目立たないはず。

「みんなで足並み揃えて仲良く一緒《いっしょ》にゴールしようって事だ。これならミスを犯さない限り、突っ込まれる事もない。……どうだ？」

だが二人は俺の言葉に不安そうな表情を浮《う》かべながら。

「俺達はそれで大丈夫《だいじょうぶ》だけど……」

「カエルはお前らの天敵のはずじゃ……」

「おっと、数多《あまた》の大物を倒《たお》してきた俺達に、カエルが天敵とか失礼な事を言うんじゃない」

やがて二人が他《ほか》の冒険者達に話を持って行ったらしく、今日はギルド内の全員がカエル討伐《とうばつ》を請けていた——

「——居るわね、私達の天敵が。いい事カズマ、今日は偉い人がいるんだから絶対に失敗出来ないからね！」

街の傍《そば》の平原で、多数のカエルと対峙《たいじ》しながらアクアが言った。

「どうしてお前はフラグを立てるのが好きなんだ。もうオチが読めたじゃないか」

しかも、最弱モンスターのカエルを天敵と認めてどうする。

「どうせ私が食べられて泣くって言いたいんでしょう？　私だってバカじゃないわ、いい加減カエルごときに舐《な》められてばかりでいるもんですか。今日は天敵を連れてきたのよ！」

……カエルの天敵？

「まさかお前その手に持った、籠《かご》に入れたヘビの事か？　そのちっちゃいのでデカいカエルをどうにかするつもりなのか？」

籠を手にしてカエルの前に堂々と立ったアクアは、俺を小馬鹿《こばか》にするように鼻で嗤《わら》う。

「バカねカズマ、この大きさのヘビがカエルに勝てるわけないじゃない。でもね、生き物には本能的に恐《おそ》れを抱《いだ》く相手がいるの。例えばそこいらのアンデッドが見目麗《みめうるわ》しい女神《めがみ》と遭遇《そうぐう》したら？　つまり、これを見たカエルは怯《おび》えて動けなくなるのよ！」

——抱いていた籠ごとカエルに呑《の》まれ静かになったアクアを尻目《しりめ》に、俺は改めて辺りの状況《じょうきょう》を観察した。

今日は監視《かんし》の目がある以上、あまり目立つ行動は避《さ》けたいところだ。

なのでめぐみんが一発屋だとバレないように爆裂魔法《ばくれつまほう》禁止令を出しているのだが……。

「ま、待つのだ！　ここに美味《うま》そうなクルセイダーがいるぞ、そっちに行くな！　……くっ、コイツ、カエルのクセに意外な身のこなしで当たらない……っ！」

「ダクネス、早く何とかしてください！　何ですか、そんなに私が魅力《みりょく》的ですか！　魔力溢《あふ》れるこの私は、そんなに経験値が詰まっていて美味《おい》しそうなのですか！」

ダクネスがカエルを追い掛《か》け、そのカエルがめぐみんを追い掛けるという状況の中、他の冒険者パーティーは危なげなくカエルを退治していた。

本来、装備さえしっかりしていれば失敗する方が難しいクエストだ。

この分なら俺達のパーティーが冒険者資格を剝奪《はくだつ》される恐れもないだろう。

……というか、さっきから眼鏡の職員が俺達のパーティーをガン見してるんですが。

「うっ、うっ……。借りてきた神官服が、カエルの粘液《ねんえき》でべちょべちょに……。これ、弁償《べんしょう》しろって言われないかしら……」

俺に救出されたアクアが未《いま》だ律儀《りちぎ》にヘビ入り籠を抱《だ》き抱《かか》えているが、俺達も良いところを見せないとそろそろマズい。

……と、その時だった。

「もうこのような茶番は終わりにしましょう。私の目は節穴ではありません」

それまでずっとカエル狩りを観察していた眼鏡職員が、小さいながらもよく通る声でそう言うと、そこかしこにいる冒険者達が動きを止めた。

「私はギルドの上層部の人間です。今の状況がいつもと違う事は知っていますよ」

くそっ、俺達のパーティーの悪評は既《すで》にそこまで届いていたのか……！

俺は、未だカエルを追い掛けていたダクネスにこっちに来いと手招きする。

それに気付いたダクネスが、事情を察してくれたのか足早に駆《か》け付けると……、

「アクセルの街からの報告書では、普段のあなた達は、もっと高レベルのモンスターを狩っているはずです。それがなぜ、最弱のカエル狩りなんてしているんですか？」

……おやっ？

「さあ、あなた達の本気を見せてください！　もっと強敵を狩れるはずです！　そして、現在戦力が不足している王都ギルドに、ぜひあなた方をスカウトさせてほしい！」

眼鏡の人はそのクールな容姿に似合わず、熱の籠《こ》もった声を張り上げる。

「ど、どうしたカズマ。私の出番がきたんじゃないのか？」

こちらにやって来たダクネスがダスティネス家のペンダントを手に、眼鏡の人の言葉に困惑《こんわく》の表情を浮かべる中。

「いや、俺にも事情がサッパリなんだが……」

これはどういう事だろう、問題児の摘発に来たんじゃなかったのか？

……と、一連の流れを聞いていた冒険者達が平原のあちこちでざわめきだした。

「王都からのスカウトですって？　や、やってやるわよ！　私達の力を見せてあげる！」

「確かスカウトなら、自分で住むところを探さなくてもいいはずよ！　チャンスよこれは！　カエル狩ってる場合じゃないわ！」

口々にそんな事を言いながら、冒険者達が目の色を変えている。

……いや違う。

よく見れば、目の色を変えているのは女性だけで構成されたパーティーばかりだ。

そして、それはウチのパーティーメンバー達にも言える事だった。

「やるわよカズマ！　王都からのスカウトだなんて、エリートよエリート！　ギルドでふんぞり返ってるだけでチヤホヤされる、エリート冒険者の仲間入りよ！」

「確かに、精鋭揃《せいえいぞろ》いの王都からのスカウトとなれば、皆《みんな》の見る目は違《ちが》ってくるな……」

アクアとダクネスのその言葉にちょっとだけ心が動かされる。

だが……。

「悪いけど興味無いな。俺はこの街に残るとするよ」

そんな俺の言葉に眼鏡の人は、信じられないとばかりに目を剝《む》いた。

「な、なぜですか？　本来であれば、ある程度レベルが上がった冒険者は、この街を出てもっと強いモンスターと戦いに行くはずです。私がここにやって来たのも、最近、アクセルの街から輩出《はいしゅつ》される冒険者の数が減ったからです。世界では冒険者の数が不足しています。なぜ、上を目指そうとしないのですか？　冒険者といえば一攫千金《いっかくせんきん》、名声を得るのが夢のはずだ！」

眼鏡の人は熱の籠もった声でそう言うが、俺は静かに首を振《ふ》った。

「俺はそんな名声なんて要《い》らないよ。この街には屋敷《やしき》だってあるんだし、世話になった人達がいる。……そうさ、俺はアクセルの街が好きなんだ」

そう、俺にとっての原点でありホームでもある、駆け出しの街アクセル。

たとえどれだけレベルが上がろうと、俺はここから出るつもりはない。

「よく言ったカズマ、その通りだ！　やっぱりこの街が一番だよな！」

「俺もずっとここに残るぜ！　この街の住人は、もう家族みたいなもんだからな！」

俺の本心からの言葉に感銘《かんめい》を受けたのか、他の冒険者達も口々に賛同する。

そして眼鏡の人はといえば、その意外な反応に呆気《あっけ》に取られ立ち尽《つ》くしていた。

「ねえカズマ、どうしてそんなワガママ言うの？　王都に行って遊んで暮らした方がいいじゃない！　今からでも強いモンスターを倒しに行くの！」

「お前にはこの街に対する愛は無いのかよ。人間身の程《ほど》にあった生活が一番だ。俺はここを出て行くなんて考えられないからな」

──なぜなら、サキュバスの店があるのはこの街だけだからだ。

俺に賛同してくれた冒険者達もおそらく同じ理由だろう。

だってあいつら見た事あるもん、つまりはお店の常連じゃん。

俺は、籠を抱いたまま駄々《だだ》を捏《こ》ね続けるアクアへ諭《さと》すように言ってやる。

「大体、強いモンスターを倒すっていったって、そう都合良くモンスターが……」

出るわけないだろ、と、そう続けようとした、その時だった。

「カエル殺しが出たぞー！」

遠く離《はな》れた冒険者が森を指差し声を上げた。

それは本来であれば、森の奥深くや湖の傍に生息するはずの大型のヘビだった。

アクセルの平原に、増えすぎたカエルを定期的に捕食《ほしょく》に来る、自然界の生態系において上位に位置するカエルの天敵である。

そしてカエルを呑み込む巨体《きょたい》の割に意外な速度で地を這《は》うソイツは、なにもカエルだけを食べるわけではない。

強靱《きょうじん》な胴体《どうたい》による締《し》め上げ攻撃《こうげき》は、中堅《ちゅうけん》冒険者であってもアッサリ全身を砕《くだ》かれるほどで、この街の冒険者はコイツを見た場合、すぐに街に避難《ひなん》するよう指導されていた。

「やったな、お前が望んでいた強敵が現れたぞ」

「ねえカズマ、ひょっとして私がフラグを立てたって思ってる？　違うからね？　私はあそこまで危ないのは望んでないから！」

普段《ふだん》なら逃《に》げ出すところだが、今日は多数の冒険者が居合わせている。

それに眼鏡《めがね》の人の目もある事で、皆が迎撃《げいげき》する構えを見せた。

「しかし妙《みょう》だな。カエル殺しは大勢の人間がいる場合、警戒《けいかい》して近付かないはずなのだが……。なにせここにはカエルが山ほど生息している。食いでの少ない上に反撃を受ける人間より、もっと美味しい餌《えさ》があるのだから……」

ダクネスのふとした呟《つぶや》きに、冒険者達の視線がアクアに向いた。

俺も思わず目を向けると、抱いた籠が嫌《いや》でも目に入る。

「違うの」

「ほう」

こいつ、やってくれやがった。

「この子はね、私が湖でバチャバチャして涼《すず》んでいた時に見付けたの。ていうか、まさかカエル殺しの子供だなんて思うわけないじゃない？」

「おい、眼鏡の人がめっちゃ見てるぞ。スカウトに来たって言ってるけど、資格剥奪も出来るんだからな。発言には気を付けろよ」

眼鏡の人が目を光らせる中、一人の女性冒険者《ぼうけん》が声を張る。

「わ、私はこの街の事好きだけど、いつかは王都で名を馳《は》せたい！　だから……。皆には悪いけど、あのカエル殺しは私達が倒《たお》させてもらうわ！」

それに勇気付けられたのか、別の女性冒険者パーティーも武器を取る。

「そうだね、私達も行こう！　薄情《はくじょう》かもしれないけど、もっと上を目指したいの！」

どこか申し訳なさそうなそんな言葉に、だが男性冒険者達は苦笑《くしょう》を浮《う》かべ。

「いいさ、それが本来の冒険者ってやつだ。俺達は、この街に長く居すぎただけだからな。さあ行ってこい！　そして、俺達の分まで王都で名を上げて来い！」

「ま、待ってください！　この街には高レベルの冒険者がいるはずなんです！　私は諦《あきら》めませんよ、王都に連れて行くまでは、ずっとこの街に残り続けて――！」

ハッパを掛けられた女性冒険者達が決意を秘《ひ》めた表情でコクリと頷《うなず》き、そして眼鏡の人が声を上げ――

「『エクスプロージョン』――――ツッツッツ！」

なぜか粘液塗《ねんえきまみ》れのめぐみんが、一切《いっさい》の空気を読まず美味しいところを攫《さら》っていった——

「——はい、カエル殺しの賞金になります。めぐみんさん、お疲《つか》れ様でした！」

冒険者ギルドに帰った俺達を、いつものお姉さんが出迎《でむか》えてくれた。

「ねえ、カエル殺しをやっつけためぐみんは私達のパーティーメンバーなんだから、ヘビを呼んじゃったのは差し引きで無かった事になるわよね？」

「おい、思い出させるな。カエル殺しを倒した、よかったね！　で、このままうやむやにするんだよ。後は貴族の格好したダクネスが、祝勝会で公爵令嬢のオーラを出しながら労ってやれば忘れてくれるさ」

「い、いや、さすがに忘れてくれはしないだろうが……。それにしても……」

困り顔のダクネスは、改めて眼鏡の人の方を見る。

そこでは——

「い、いえ、この街には高レベルの冒険者が残っていると予想されたので、その方達をスカウトに来たわけでして……」

「なによそれ、私達のレベルじゃ不満って事⁉」

「王都に連れて行きなさいよ！　この街の男ってどうしてか草食系が多いのよ！　なぜだかちっともモテないの！」

未だ諦めきれない女性冒険者達に、眼鏡の人が絡《から》まれていた。

と、そこに一人の魔法使《まほうつか》いが近付いて行く。

それは——

「話は聞かせてもらいました。王都からのスカウトだったそうですね？　ここで一番強いのは、カエル殺しをも倒した私です。ほら、レベルだって高いでしょう？　いいでしょう、そんなに私の力が必要ならば、皆で王都に行くのもやぶさかではありません——！」

眼鏡の人は、次の日には帰って行った——

あとがき！

ATOGAKI

著者　暁 なつめ

このたびは、このすば短編集『よりみち！』を
お買い上げいただきありがとうございます。

この本は、テレビアニメこのすばの
1期と2期のBlu-ray＆DVD封入特典をまとめ、
そこに書き下ろし小説を足した物となっております。

特典小説が増えすぎたので書籍にしてまとめ、
本棚に並べやすくしようという建前の下、円盤特典で2度儲けようという
悪徳商法……嘘です、清く正しい編集部にそんな意図はありません。
だって円盤高いからね、学生さんが特典小説手に入れられないものね。

実は今回書籍化するにあたり、あるキャラクターに妹が生えました。
というのも、アニメ1期放送当初、2期の予定も無ければ
書籍も10巻で終わると聞かされていたため、
web版でちょっと人気だった警察署長を出してあげようとなり……。

とまあ、大人の事情で特典小説から変更された箇所がありますが、
そっとしておいていただけると助かります。

というわけで今回も、三嶋先生をはじめ制作に携わっていただいた方々と、
そしてなにより、この本を手に取っていただいた
全ての読者の皆様に、深く感謝を！

イラスト　三嶋くろね

このすばの短編集発売おめでとうございます！
中でも好きなのが、ダクネスが弱体化してしまうお話だったので、
再度本という形で読めて嬉しいです！
ただのお嬢様だ……！

編集　角川スニーカー文庫編集部

初出

「アクセルのアークプリースト」	「この素晴らしい世界に祝福を！」Blu-ray & DVD 第1巻 限定版
「アクセルの爆裂探偵」	「この素晴らしい世界に祝福を！」Blu-ray & DVD 第2巻 限定版
「守りたいクルセイダー」	「この素晴らしい世界に祝福を！」Blu-ray & DVD 第3巻 限定版
「世にも幸運な銀髪少女」	「この素晴らしい世界に祝福を！」Blu-ray & DVD 第4巻 限定版
「不死の王になるために」	「この素晴らしい世界に祝福を！」Blu-ray & DVD 第5巻 限定版
「魔王の幹部は忙しい」	「この素晴らしい世界に祝福を！2」Blu-ray & DVD 第2巻 先着予約・購入特典
「偽者注意！」	「この素晴らしい世界に祝福を！2」Blu-ray & DVD 第5巻 限定版
「アクセルの問題児達」	書き下ろし

この素晴《すば》らしい世界《せかい》に祝福《しゅくふく》を！ よりみち！

著　暁《あかつき》 なつめ

角川スニーカー文庫　21975

2020年1月1日　初版発行

発行者　三坂泰二

発　行　株式会社KADOKAWA
〒102-8177 東京都千代田区富士見2-13-3
電話　0570-002-301（ナビダイヤル）

印刷所　株式会社暁印刷
製本所　株式会社ビルディング・ブックセンター

Printed in Japan　ISBN 978-4-04-108521-9　C0193

★ご意見、ご感想をお送りください★
〒102-8078 東京都千代田区富士見 1-8-19
株式会社KADOKAWA　角川スニーカー文庫編集部気付
「暁 なつめ」先生
「三嶋くろね」先生